人妻アプローチ

桜井真琴

双葉文庫

目次

人妻アプローチ

第一章　林の中で美人妻と二人きり

1

「ナイスオン！」

東山純也は声を張りあげて手を叩く。

紺野の打った第3打は、ここから見る限りグリーンぎりぎりで、ピンから10メートル以上は離れているようだ。あれを寄せるのはなかなか難しいだろう。

正直、ナイスオンというほどのショットではない。

「さすがです。紺野部長」

純也はそんな気持ちをおくびにも出さず褒めると、紺野は満足げな笑みを浮かべて、5番アイアンをキャディに手渡した。

「ちょっとショートかなと思ったんだがな、5番にしてよかったよ」

「5番は扱いにくいクラブなのに、いやあ、もう自分の手足のようにものにしてますね」

純也の言葉に紺野の鼻がまた高くなる。

紺野は名古屋のテレビ局、愛知名古屋チャンネル、通称『あいチャン』の編成部長である。

純也が映像制作会社で営業をしていたときのお得意さんで、仕事ではずいぶん世話になった。

付き合い自体はそれほど長くないが、映像制作会社を辞めて、ゴルフのインストラクターになってからも、こうしてラウンドレッスンに来てもらえる仲である。

移動の途中で紺野の携帯が鳴った。仕事の電話らしい。

すぐには終わりそうもなかったので、純也は紺野の前で「向こうに行く」とジェスチャーをしてから、紺野の奥さんのところに向かう。

いつもは部長に付きっきりだが、今日のレッスンは奥さんが中心である。奥さんの紺野美沙はゴルフを始めてまだ一年ほどなのだ。

美沙のボールは第4打を林に打ち込んでいた。

純也は林の中に入っていく。

彼女は大きな木の根元で、困ったような顔をして立っていた。

しかし美人だよなあ。

ついついそんなことを思ってしまうほど、紺野部長の奥さんには華があった。

しかもスタイルがいい。

セクシーなゴルフウェアが様になっている。

ミニの白いタイトスカートから見えるムッチリした太ももや、白のポロシャツの胸元を盛り上げる悩殺的なバストもたまらない。

これで三十六歳なんだもんなあ。

純也より六つも年上とは思えない、若々しい雰囲気だ。

「お待たせしました、奥さま」

声をかけると、美沙が駆け寄ってきた。

思わず息を呑む。

軽く走っただけで、ポロシャツのバストがやたらいやらしく弾んでいる。

「東山さん、困ったわ。ボールがあんなところに」

美沙が指差した先を見ると、ボールが木の根元に転がっていた。

これをグリーンの方に出すのは、プロでもきついだろう。

「うーん、これは難しいですね。いったん横に出しましょうか。7番がいいかな。キャリーが出て、あがりすぎないクラブがいいです」

「わかりました」

サンバイザーを被った ミドルレングスの栗色のポニーテールが、ふわりと揺れて、いい匂いがした。

近くで見ても、美沙はやはり美しかった。

二重瞼の大きくて切れ長の目。

黒目がちな、白い部分が透き通っている瞳。

睫毛が長く、きりっとした眉、シャープな顎の形や上品な小さめの唇と相まって端正な顔立ちだ。

美沙はキャディから7番アイアンを受け取ると、軽くスイングしてから、アドレスをとる。

こちらにちょっとお尻を突き出して構えたので、人妻らしいムッチリしたお尻の丸みがタイトスカートにうっすら浮き出ていた。

ウエストはほっそりしているのに、お尻は大きい。

先ほどから美沙の大きなヒップに目を奪われっぱなしだ。

豊かなバスト、ほっそりしたウエスト、成熟味を醸(かも)し出す臀部(でんぶ)の肉づき……。ゴルフウェア越しに美沙の見事なプロポーションと熟(う)れた肉体、そして匂い立つような人妻の色香を感じるのだから、たまらない。

「東山さん？」

「え？」

美沙の呼びかけに気づいて、ヒップに釘付(くぎづ)けだった目を慌(あわ)てて上げる。美沙がクスクス笑っていた。

「どこを見ていたのかしら？」

「えっ、いや、その……お、奥さまのスタンスを確認していたので」

どうにかごまかす。

いかん。

ゴルフのインストラクターが、生徒さんをエロい目で見るなんて最低だ。

美沙が笑いながら訊いてくる。

「これ、どうやって打てばいいかしら」

美沙が優しげな笑みを見せてきた。

若い頃はかなり可愛かっただろうと推測できる。

とはいえ、人妻になってそれが失われたのかと言えば、この奥さんの場合は逆だ。

愛らしいままに年齢を重ねて、年相応の色気がその身からあふれ出るような、まさに〝可愛い熟女〟なのである。

純也は緊張しながら、近づいて言う。

「奥さま、グリップをちょっと短めに持ってスイングはコンパクトに。木の根っこにぶつけないようにクラブを上から入れて……」

「こんな感じ？」

美沙がスイングした。

白いポロシャツのおっぱいが、ぶるんと揺れる。

えっ？

純也はそれを見て身体を熱くした。ティーショットのときは後ろから見ていたから気づかなかったが、スイングの際にその大きな胸が腕に当たっているのだ。

ウソだろ、なんてエロいおっぱいしてるんだよ——。

目のやり場に困ってしまう。

今までインストラクターをしてきて、スイングの邪魔になるほど胸の大きい女性を教えたことがなかったからだ。

どうしよう。巨乳なので次からスポーツブラで押さえつけてきてください、なんて言えるわけがない。

「どうでしょうか？」

美沙がアドバイスを求めてくる。

「そ、そうですね。こういう風に」

彼女の背後に立ち、素振りしてみせる。

後ろから二人羽織のようにしてグリップに手を添えて教えれば早いのだが、今の時代、そんなことをしたら裁判沙汰である。

せめてわかりやすいようにと近い距離でお手本を見せたのだ。

胸が邪魔だってことが、今ので伝わるかなあ……。

「やってみますね」

美沙がその場で振り返ってスタンスをとったときだ。

グリップを短めに持って少し腰を落としたせいで、美沙のタイトスカート越しの大きなヒップが純也の股間にぶつかった。

「あっ」

慌てて腰を引くも、すでに遅かった。

美沙も弾かれたように腰を前に出して、こちらを向いた。

まずいっ。

美沙の悩殺的な胸元や、突き出したヒップの丸みにいやらしい視線を這わせていたせいで、純也の股間は半勃ち状態だったのだ。

おそらく美沙に気づかれてしまっただろう。

「す、すみません」

とりあえず謝った。

何が「すみません」なのかは口にできない。

おそるおそる顔色をうかがうが、しかし美沙は特に恥じらうような様子もなく、

「こんな感じですか？」

と、また素振りをしてみせる。

よかった。

半勃起がバレずにすんだ、と思ったときだ。

「なんだ美沙、えらいところに入れたな」

後ろから紺野の声が聞こえてきて、純也は慌てて美沙の背後から飛び退いた。

「ええ。今、東山さんから、リカバリーのレクチャーを受けていたのよ」

美沙が紺野の方を向いて微笑んだ。

平然とした表情を見せているものの、涼やかで大きな目が、少し潤んでいるように見えた。

美沙がゆっくりアドレスに入り、慎重に横に出した。

ボールがフェアウェイを転がる。

「ナイスリカバリーです」

純也が手を叩く。紺野が鼻で笑った。

「俺だったら、スタイミーショットを狙うけどな」

スタイミーショットとは、邪魔な木々の間を抜くようにボールを打ってグリーン方向を狙うことだ。腕に自信がないとかなり難しい。

「それは部長の腕前だから、狙えるんですよ」

持ち上げると、またしても紺野は鼻高々だ。すぐ顔に出るところは以前と変わらない。

その瞬間、美沙の表情が少し引きつったように見えた。

だがすぐに、柔和で品のある微笑みを浮かべる。

「私はあなたのように、うまくできないわ」

ちょっと引っかかる言い方だった。

気になったが、夫婦間のことだから口出しなどできない。みなで並んで美沙が出したボールのところまで歩いていく。

美沙が先に打って、うまい具合にグリーンにのせる。

「おおっ、ナイスショット！」

パー4のホールで、6打でグリーンオンなら上出来だ。

「やるじゃないか」

と言うわりに、紺野の口調は醒めたものだった。

奥さんがうまくなるのはいいことなのだろうが、注目を一身に浴びたいタイプなのだ。紺野部長はそういう男である。

グリーンに行ってから、紺野と純也が先にパットを打った。ふたりとも打ち切れずに短い距離を残して、そのホールを終えた。

美沙の番だ。ピンそばに立って純也がアドバイスをする。

「ちょっと芝目が複雑ですね」

芝目を一緒に読もうと、美沙の後ろに移動しようとしたときだ。

タイトミニスカートの美沙が、グリーン上でしゃがんだ。目の前に垂直にパターを立ててぶら下げ、グリーンの傾斜を見ている。

思わず、あっ、と声を上げそうになった。

美沙はしゃがんだまま一瞬両膝(りようひざ)を開いたので、かなり短いスカートだから、むっちりした太ももと、その奥にある白いアンダーウェアが見えたのだ。

パンチラ防止で穿(は)いているのだろうが、そのアンダーウェア自体がショーツのような形をしていて、見た目はほとんど下着と変わらない。

刺激的だった。

もちろん、レッスン中に女性の生徒さんのスカートの中が見えてしまうことはあるが、ほとんどみながタイツやスパッツを穿いてパンチラ対策を取っている。

これほどの美人のスカートの中がチラ見えして、しかもそれが下着のようなエロいアンダーウェアとなれば、さすがに純也も生唾(なまつば)を呑み込んでしまう。

い、いやらしいな……。

いかん。じっと見ていたら視線に気づかれてしまうと思い、目をそらそうとした。

だがそのとき、美沙の膝がまた左右に開いたのだ。

えっ！

美沙のスカートの奥の真っ白いショーツタイプのアンダーウェアが丸見えになった。

ショーツの形をしている見せパンが恥ずかしい部分に食い込んで、縦にくっきりとスジが刻まれている。

うおっ、奥さんの……お、おまんこのスジだっ。

エロいっ。

思わず目が吸い寄せられる。

「東山さん、このライン、どうかしら？」

しゃがみながら、美沙がこちらを向いた。

心なしか顔が赤らんでいるように見える。覗（のぞ）いていたことが確実にバレたと思い、慌てて美沙の背後にまわり込んでしゃがんだ。

「えっ、えーと……これは……盛りあがってますね。でも、あまり強く打ちすぎない方がいい」

とにかくごまかすのに必死だった。

ピンそばに紺野がやってくると、美沙は太ももを閉じてから立ち上がった。

サンバイザーの似合う可愛いゴルフウェアの人妻が、なぜか一瞬だけこちらに視線を向けてきたのに気づき、純也はドキッとしてしまうのだった。

2

純也は東京都内にある私立大学の名門ゴルフ部出身だ。

もともと父親がゴルフ好きで、子どもの頃から、しょっちゅう打ちっ放しに連れ出されていた。

いずれは親子で楽しくラウンドしたいという父親の意向で、ゴルフスクールに入会させられたのだが、純也はすぐにゴルフに熱中した。

大学時代は本気でプロを目指して四年間をゴルフに捧(ささ)げたのだが、怪我のせいでプロテスト受験を断念し、地元の名古屋に戻ってきて、映像制作会社に就職したのである。

入社して数年はよかった。

営業職として、テレビ局員たちを得意のゴルフで接待し、ＣＭ制作や新番組の仕事獲得に繋(つな)げてきたのだ。

ところがだ。

入社六年目のとき、経費節減を理由に会社がゴルフ接待を禁止してしまった。

そうなると純也の強みはまるでない。その上、会社を取り巻く状況が目に見えて厳しくなってきたので、純也は思いきって会社を辞め、近所のスポーツジムのゴルフスクールでインストラクターのアルバイトを始めた。

ゴルフを人に教えることなんてできるのかと思っていたが、営業職をやっていたのが強みになった。純也は生徒を褒めて気分を乗せるのがうまいと評判になり、バイトでありながら、そのスクールで人気のインストラクターになったのだ。

そのうちにお客さんから、

「フリーでやったら、もっと稼げるんじゃないの？」

とアドバイスを受け、今の予約具合ならいけそうだと算段し、スポーツジムや打ちっ放しの練習場と使用料の契約を結んで、フリーのゴルフインストラクターに転身したわけである。

フリーは自分の好きにやれる反面、とにかく開業の手続きから集客やスケジュール管理、運営コストや税金対策まで、コーチング以外にも多くの業務をこなさなければならなかった。

それでもスポーツジムで教えていた生徒さんから予約が入ったり、昔の取引先に営業をかけてレッスンをしたりと、わりと順調な滑り出しだったのだ。

紺野はその中でもお得意様である。

「紺野部長、この三か月でずいぶん上達されたんじゃないですか。驚きましたよ」

前半の9ホールが終わり、クラブハウスに戻ってレストランで昼食を摂りながら純也が言うと、紺野はさらに上機嫌になった。

まさにドヤ顔だ。

ここまで鼻の穴を広げられると、こっちもおだてがいがある。

「そうかね。しかし、前半の東山くんは散々だったねえ。ずいぶんスライスしてたじゃないか」

紺野が余裕の笑みを浮かべて、ステーキをフォークで口に運ぶ。

「どうも集中できてないようでした。すみません。お恥ずかしい限りです」

実際にスコアは散々だった。

もちろん口にはしなかったが、部長の奥さんのせいである。

ラウンド中に美沙のヒップがこちらの股間に当たってしまったことや、グリーン上で芝目を読むときに見てしまったスカートの中身が、その後も頭から離れなかったのだ。

美沙の方を見れば、色っぽい人妻が、セレブらしいノーブルな微笑みを見せていた。

こんなに上品な人が、なんであんなことを？

純也の頭の中は混乱していた。紺野がイヒヒと笑う。

「腕が鈍っているのは練習不足かね。ゴルフがあんなスコアじゃあ、夜の方もボギーだらけじゃないのか？」

紺野が猥褻なことを言って純也をからかった。するとまた紺野の携帯が鳴った。

ちょっとすまん、と言い、ステーキを半分くらい残して紺野が席を立った。

「ごめんなさいね、ウチの主人が失礼なことばかり言って……」

美沙が申し訳なさそうに言った。

「謝らないでください。部長は僕に気を許してくれてるだけですから」

「いいえ。あの人はいつも、誰に対してもそう」

少し口調がきついので純也は驚いた。

「ゴルフがうまくなったからって、誰かを誘っては自慢ばかりするんですもの。私のことも無理矢理連れまわして……」

そこまで言って、美沙は「あっ」と口に手を当てる。

「ううん、ゴルフは嫌いじゃないのよ」

「大丈夫です。ラウンド中も、奥さまは真剣にプレーされておられましたから、ゴルフがお好きなのはわかります」

「……ありがとう。それにしても東山さんは教え方が上手だわ。私、前半であんなにいいスコアでまわれたの、初めてよ」

「ホントですか？　だとしたらセンスがあるんですよ」

これはお世辞ではなかった。

プレー中のマナーはいいし、ミスしてもカッカせず平常心でいられるのは、ゴルフ向きだと思う。

「ウフフ。うれしいわ。午後からもよろしくお願いしますね」

「は、はいっ。こちらこそ」

キュートな笑顔で言われ、思わず純也は身体を熱くしてしまう。

相手は人妻だぞ。しかもお得意様のパートナーで、自分より六つも年上である。

それなのに、どうしてこんなにドキドキしてしまうのか。

気持ちを落ち着かせようとしていたときだった。

紺野が血相を変えて戻ってきた。

「すまん。会社でトラブルだ。これからすぐに戻らなきゃならない」

かなり慌てている様子だ。

「それは大変ですね。残念ですが、そういうことなら仕方ありません」

「たいした話じゃないんだが、俺がいないとラチがあかんらしい。まったく、こういうときばっかり頼られて困るよ」

愚痴を言いながらも、少しうれしそうだ。きっと、まんざらでもないのだ。

「あなた。私は午後もこのままプレーを続けていいかしら」

美沙が思いも寄らなかったことを口にした。紺野も驚いた様子で、眉をひそめて美沙を見る。

「え？　どうして」

「午前中、すごくスコアがよかったし、何かつかめたような気がするの。少しでもあなたに近づいておきたいから……。もちろんまだまだ足元にも及ばないけれど」

美沙の言葉は紺野の自尊心をくすぐったようだ。

「そうかそうか。そういうことなら東山くん、美沙のレッスンだけ続けてもらえるかな」

紺野があっさり言った。

美沙が純也の反応をうかがうような視線を向けてきた。目と目が合ってドキッとする。

「承知しました。ラウンドが終わりましたら、奥さまをご自宅までお送りしますので」

「うん。頼む……それじゃあ、行ってくるから」

紺野はスマホをポケットに仕舞い、慌ててレストランから出ていった。

「東山さんは信頼されているのね」

美沙が笑った。

「いえ、そんなことは……。でも……おひとりで大丈夫ですか？」

「だって……調子がいいうちに、いっぱい打っておきたいから」

ニッコリ笑った美沙がパスタを口に運ぶ。

いけないと思うのに、なんだか身体が熱くなってきた。

3

昼食を終えて、ふたりでカートに乗って10番ホールに向かう。

じっくり指導を受けたいという美沙の希望もあって、受付に頼み込んでその日の最終組に順番を変更してもらった。

後ろの組がいなければ、気兼ねなくラウンドできる。

さらにひとり急用で帰ったこともあるので、キャディ抜きのセルフプレーにしてもらった。

まさにふたりきりのラウンドになった。

カートに乗って、改めて隣の奥さんの姿を横目で見る。

サンバイザーの後ろからこぼれる栗色のポニーテールが、風でふわりと揺れている。

二重瞼の涼しげな目が、とてもキレイで目力があった。

落ち着きのある淑(しと)やかな佇(たたず)まいだが、若い頃はさぞかし可愛らしかっただろうという雰囲気が、セレブな令夫人からにじみ出ていた。

そんな奥さんだが、身体つきは清楚（せいそ）というよりはむしろエロティックで、そのギャップにそそられてしまう。

半袖の白いポロシャツはぴったりと身体に張りつき、大きな胸の張りつめたような丸みがはっきりわかる。

それに加えてだ。

白いタイトスカートはかなりキワドい短さで、スイングしやすいのはいいのだが、隣に座っているだけでも肉づきのいい太ももが視界に飛び込んできてしまう。

そして、そのスカートの中に穿いているのは、白いアンスコのような見せパンだ。これが下着と変わらないエロさなのである。

いかん。相手は人妻で今日の生徒さんだぞ。

そう思えば思うほど純也の視線はねちっこくなり、指導（ティーチング）そっちのけで、覗き（ピーピング）の方に意識が向いてしまいそうだった。

案（あん）の定（じょう）、純也の午後のスコアもガタガタで、美沙は、私に合わせてくれているのねと言ってくれたが、わりと本気でプレーしたのに、このざまである。

そして18番ホールのパー5、ロングコース。

美沙がティーショットを放った。

フルスイングで、ポロシャツ越しのバストが大きく揺れ、形のいい臍(へそ)がチラリと見えた。

打ったボールは、少しスライスしたがフェアウェイをキープした。

だが距離はあまり出ていない。美沙のスイングはやはり少し窮屈(きゅうくつ)なのだ。

「ねえ、東山さん。どうしたらもっと飛ばせるようになるかしら」

美沙が訊いてくる。

純也は困ってしまった。飛ばない原因はわかっている。

その大きなおっぱいが邪魔しているのだ。

おそらくGカップくらいはあるだろう。美沙の場合、身体がほっそりしているのに、おっぱいやお尻が大きいグラマラスな体型なので、乳房のふくらみが身体の横にまでハミ出てしまい、スイングのときに邪魔しているのである。

「もう少し距離を出したいのよね」

美沙が言う。

純也は言葉を選びながら、構え方のコツを伝授する。

「その……両手を下からでなく、上から被せるように構えたら美しいスイングができると思います」

「被せる？　こう？」

美沙がゴルフクラブを構えながら、腕をギュッと挟むように絞る。

するとたわわなバストが両脇から押し上げられ、深い胸の谷間がばっちり見えた。

「いえ、その……」

口でうまく説明できないので、純也は美沙の背後にまわってクラブを握る彼女の手に自分の手を添えて、アドレスの作り方からテイクバック、フォロースルーまでの一連の動きを指導した。

「こ、こうですっ」

「なるほどね……あっ……」

美沙がカアッと頰を赤らめ、恥ずかしそうにうつむいてしまった。ようやく自分のおっぱいがスイングの邪魔をしていたことに気づいたのだろう。

美沙はその体勢のままスイングを止めて身を硬くした。

「今までの私のスイングって、どこがいけなかったのかしら」

うつむいたまま美沙が訊いてきた。

「えっ……そ、それは……ご、ご自身でもおわかり、ですよね」

「わからないわ。どうして？」

顔を赤らめて恥じらう人妻に問われて、ますます身体が熱くなってきた。

「そ、その……奥さまの……その……きょ、胸部が……」

「きょうぶ？」

「はい。その……奥さまの、む、胸が邪魔してたんだと思います」

思いきって口にすると、美沙がうつむいたまま乳房を両腕で隠して、

「……エッチ」

と可愛らしいつぶやきを漏らした。

「す、すみません！」

慌てて謝る。

だが振り向いた美沙は怒っている風ではなかった。

「ウソよ」

頰を赤らめた美沙が潤んだ瞳を向けてくる。

次は純也が打つ番だ。

形ばかりの素振りをし、ドキドキしながらドライバーを構える。

そのまま打ったのがいけなかった。

「あっ！」

飛距離は出たが、スライスして右の林の中に飛び込んでしまう。

美沙が第2打を放った。先ほどの指導の成果か、今度は今までになくボールが飛んだ。

「すみません。まずは僕のボールを探しに行きましょう」

ふたりでカートに乗り込んだ。

まいったな……こんなに動揺するなんて……。

カートを降りて、ふたりでボールを探したが見つからなかった。

「すみません。確かこのあたりだと思うんですが……」

「いいのよ。そんなこと、気にしないで」

呆れられたかな。

それも仕方ないと思う。

「奥さまに教える立場なのに、本当に申し訳ございません」

謝ると、美沙は優しげな目を向けてきた。

「でも、純也さん。どうして今日はこんなにスコアを乱してるの？」

「そ、それは……」

言えなかった。

まさか「奥さまがいやらしい身体つきをしているから」なんて、言えるわけがなかった。

「どうも朝から、調子が悪いようなんです」

ウソをついてまたボールを探す。

「あった、見つかりました！」

純也が見つけたボールは大きな木の根元のところに転がっていた。これは5番かなと、アイアンを取りに行こうとしたときだ。

美沙に腕をつかまれた。振り返ると、赤らめた顔をそむけて恥じらう様子の美沙がささやいた。

「ねえ、純也さん。私が教えてあげましょうか」

「えっ、な、何を？」

「スイングがよくなるコツ……」

そう言いながら美沙はすっと純也の足元にしゃがみ、股間にそっと手を伸ばしてきたのだった。

4

「お、奥さまっ……な、何を……？」

信じられない状況に、純也は目を疑った。

美沙のほっそりした指が純也のズボンの上から陰茎(いんけい)をすっと撫(な)でてきた。

「私の胸と同じで、純也さんのこれもスイングの邪魔になっているような気がするの。お昼前からずっと硬くなってたみたいだから……」

恥じらいながらも美沙は大胆なことを言い、すりっ、すりっ、と指先でふくらみをいやらしい手つきで撫でてくる。

「おっきなままじゃ、苦しくてつらいかと思って……。小さくしてあげてもいい？」

小さくしてあげるって……えっ……ええ？

美沙の手が器用に純也のベルトを外し、股間のファスナーをチーッと下ろしていく。

そして間髪(かんはつ)容(い)れず、ずるりとズボンと下着を下ろされる。

「おっ、奥さまっ」

手で押さえようとしても間に合わなかった。

まさか林の中とはいえ、ゴルフコースで下着まで脱がされるとは思っていなかったのだ。

硬くなった陰茎が弾けるように飛び出した。

切っ先がガマン汁で濡れている。

「な、何を……お、奥さまっ……あっ……ああ……」

美沙がゴルフグローブを外し、硬くなった肉棒に指をからめてきた。

「……あん、純也さんの、すごく硬くて熱い……」

美沙がつぶやきながら、ゆっくりとシゴいてきた。

「く……」

まるで形や大きさを測るように、人妻の指がいやらしく動いていた。

サンバイザーにポロシャツにミニスカートという、魅力的なゴルフウェアに豊満な肉体を包んだ美熟女が、自分の足元にしゃがんで充血した男性器を素手で愛撫(あいぶ)している。ありえない状況だった。

「お、奥さまっ……だ、誰かに見られたら……」

焦って言うと、美沙はサンバイザーを被ったまま、とろんとした表情で見あげてきた。

「大丈夫よ。木々で隠れてるし、それに最終組でしょう？　他の組の人たちはもういないから」

「で、でも……うっ……」

美沙の指が、亀頭の裏側のスジをこすってきた。

透明なガマン汁が鈴口からあふれて、美沙の手を汚してしまう。

「もう、ぬるぬるになってるわ。気持ちいいのね……こんなにカチカチに大きくしてるから真っ直ぐ飛ばないんだわ」

それに……と言葉をいったん切り、ゆっくり陰茎をなぞるようにシゴきながら、

「それに……純也さんって、オチンチンもスライス気味なのね」

「あっ……」

恥ずかしくなって全身を熱くさせてしまう。

明るいところ……しかも屋外で、これほど至近距離でペニスをじっくりと観察されたことなど生まれて初めてだった。

「あん、純也さんのオチンチンが反り返りながら、ビクビクしてる」

先走りの粘液が美沙の手をぬらつかせている。

しかし美沙はそんなことは気にしないとばかりに、鈴口に指先をあてがい、あふれるカウパー液をぬるぬると亀頭部に塗り込んできた。

「ああ、そんなっ、汚いのに……」

おしっこや精液を出す自分のモノを、洗ってもいない汚くて汗臭いモノを、こんなに美しい人妻に優しく愛撫されていることに猛烈な恥ずかしさを感じた。

だが、恥ずかしいのに、気持ちいい。

自分の仕事場であるゴルフ場で、こんなに破廉恥なことをされている背徳感が勃起をジクジクと疼かせる。

「あんっ、こんなにビクビクッてして……汚いなんて思わないわ。それに……獣みたいなこの臭いも好き……」

美沙と目が合い、鼓動が速まる。

先ほどまでの恥じらいは消え、代わりに上気した人妻の顔がそこにあった。清楚でお淑やかな美沙が見せた物欲しげな顔——。

彼女がさらに強くシゴいてきた。

「うっ……く……」

純也は大きな木にもたれて、美沙の愛らしい美貌を見おろし、ハアハアと喘(あえ)ぎをこぼす。

ひとこすりごとに愉悦(ゆえつ)が甘くこみあげてくる。

美沙の細い指がガマン汁を潤滑油(じゅんかつゆ)のようにして、表皮をこすってきた。

ねちゃっ、ねちゃっ、とねばつく音が、薄暗い林の中で奏(かな)でられる。

「ああ……い、いけません……ぶ、部長の奥さまに、こんな……」

必死に射精の欲望をこらえながら、純也は美沙に向かって首を横に振る。

サンバイザーで影になっている美貌が露骨に曇る。

「いいの……あの人のことは……。私のことなんて、いつもほったらかしなんだから……」

美沙の手の動きがいっそういやらしいものになる。

純也は興奮しながらも、一方で理性の残った頭で人妻を諭(さと)す。

「で、でもこうして……一緒にゴルフをして……うまくなってほしいってインストラクターまでつけてくださってるのに」

「あの人は私のことをアクセサリーくらいにしか思っていないの。ゴルフに連れ出すのも私を自慢したいだけ……。私にうまくなってほしいなんて、これっぽっちも思ってないの……」

美沙は目を細めながら、しなやかな指で勃起を強く握り込んだ。

「ひっ！　あああ……」

純也は思わず腰を引いた。ちょっとした痛みを伴う刺激が背中を駆け巡る。

「あっ、純也さん、ごめんなさい……」

彼女が許しを乞うようなまなざしで亀頭部を撫で撫でする。

「でも可愛い反応ね……ねえ、純也さん。私のことエッチな目で見てたでしょう？　スカートの中を覗いたり、胸元をちらちら見たりして……」

「そ、そんなことは……」

「私……気づいてたんだから……」

濡れた瞳で挑発される。

純也はコクンと唾を呑み込んでから、静かに頷いた。

美沙が目を細める。

「ウフッ。可愛いのね。ねえ……私、こんなことするの、初めてなのよ。会ったばかりの子にイタズラするなんて。でも純也さん、一生懸命教えてくれるし、優しいし……それに、こんなおばさんでも興奮してくれたことが……うれしくて……」

妖艶な目を向けられる。純也は眉をひそめた。

「おばさんなんて……奥さまは、キ、キレイですよ。ゴルフウェアも似合っていて、すごく可愛らしいし……」

「ありがとう、純也さん……」

美沙は手コキしながら立ち上がった。

軽く背伸びをして、美沙がいきなり唇を重ねてきた。

5

「……ンッ！」

純也は目を見開いた。

美沙のサンバイザーのツバの部分が純也のこめかみに当たった。

すぐに美沙はすっと潤んだ口唇を離して、照れたような表情を見せてくる。

きっと、美沙は寂しいのだ。

白いゴルフウェアはまだ真新しい。

おそらく今日のために新調したのだろう。それなのに旦那はラウンド中にさっさと仕事に戻ってしまった。

誰かに慰めてもらいたい気持ちなのだろう。

でも……いいのか……。

葛藤するも、しかし、これほどの美女が積極的に抱かれたがっているのだ。

こんなチャンス、もうないだろう。

据え膳食わぬはなんとやらだ。

純也が見つめると、美沙は艶めかしい目で見つめ返してくる。

再び美沙が唇を近づけてきた。今度は激しく唇を何度も押しつけてくる。

ああ甘い……奥さんの唾液が、甘いっ……。

それにポロシャツから立ちのぼってくる甘酸っぱい汗の匂い。

うっとりして唇を開くと、そのあわいに美沙が舌を挿し入れてきた。

「……ンッ」

ビクッとするも、こちらももう夢中だ。

舌を差し出してからめていくと、ますます美沙は吐息を荒くする。

「……んんっ……んぅん……」

かすかに鼻奥で声を漏らしつつ、さらに深いキスへと変わっていく。

ああ、奥さんとのエッチなキス……き、気持ちいい。

林の中とはいえ、ラウンド中に人妻に手コキされながら、ディープキスをしている。そんな背徳感に純也は興奮し、さらに舌を強くからませていく。

ねちゃっ、ねちゃっ……くちゅ、くちゅ……。

淫靡な唾の音を耳奥に感じる。

とろけそうだった。

気持ちよさに目をつむりそうになるが、それでもなんとか薄目を開けていると、眼前に眉根を寄せた色っぽい人妻がとろけ顔をさらしていた。

奥さんもキスで感じている……。

そう思うとますます興奮が募り、激しく舌を動かしてしまう。

「んぅん……ッ」

彼女の呼気が荒くなり、タイトスカート越しの下腹部をすり寄せてくる。

それと同時に肉竿をシゴく手の動きもいやらしく、イチモツ全体を愛おしそうに撫でまわしてくる。

欲しがってる……キスだけで、もう感じてるんだ……奥さん。

一度ゴルフウェアを着た女性とエッチをしてみたかった。念願が叶い興奮しているると、キスをほどいた美沙に耳元でささやかれる。

「もう、純也さんったら。腰が前に突き出てるわ。もっとしてほしいってオチンチンがおねだりしてるみたい……」

「お、奥さまが……エッチな誘惑をしてくるから……」

「奥さまなんて言わないで……美沙って呼んで」

と言って、純也の足元に再びしゃがんだ。

そしてサンバイザーを外し、栗色のポニーテールをなびかせながら、ピンク色の舌を伸ばして亀頭部を舐めてきた。

「くっ」

鮮烈な刺激に目がチカチカした。

まさか手コキだけではなく、口奉仕までしてくれるなんて。

美沙は、純也の勃起の根元を握ってヘッドを上に向けると、自らは身体を低くして裏筋をねろりと舐めあげてきた。

「あううっ……！」

情けない声が口を衝いて出た。

さすがは人妻だ。清楚でお淑やかに見えても、男の感じる部分を知っている。

「ねえ、純也さん……気持ちいい？」

人妻は双眸を三日月の形にして、うれしそうに訊いてくる。

「い、いいですっ。こんなに気持ちのいいの、初めてかも……」

「そんな……うれしい。じゃあ、もっと気持ちいいことしてあげる」

そう言うと、美沙は敏感な尿道口を舌の先でちろちろと舐めてきた。

「つっ……」

純也は歯を食いしばった。

すると、次の瞬間。

美沙の瑞々しい唇が近づいてきて亀頭部全体を覆ってきたのだ。そこでいったん止まり、一気にぐっと奥まで頬張られる。イチモツが温かな潤みに包まれた。

「くうっ！」

あまりの気持ちよさに、純也は木にもたれかかって、天を仰いだ。

陰茎全体が美しい奥さんの口中に包まれている。

夕方のゴルフコース。外気に自分の分身を晒しているのに、人妻のお口の温もりに包まれているのがなんとも心地よい。いや心地よすぎた。

見下ろせば白いゴルフウェアを着た色っぽい人妻が、汗ばんだ自分のペニスを大きく口を開けて咥え込んでいる。

スポーティなポロシャツは、乳房のたわわなふくらみを浮き立たせ、美沙が少し身体を動かすだけで、おっぱいが揺れ弾んで純也の太ももを刺激してくる。

さらにその下のタイトミニはまくれあがり、むっちりした白い太ももはおろか、白いアンダーウェアまで丸見えだ。

パンチラ防止用なのにそれ自体が下着のようで、人妻の股間にいやらしく食い込んでいるのが、なんともエロい光景だ。

ああ、すごいっ。すごいよっ、美沙さんっ！

ゴルフコース内で可愛いゴルフウェアを着た人妻にフェラチオされている。

夢のような刺激に全身が震えた。

「み、美沙さんっ……た、たまらないよ……」

純也が唸るように言うと、人妻は咥えたまま上目遣いで見あげてきた。

さらさらした栗色の髪に、ぱっちりした目。

色っぽくて可愛い三十六歳の熟女が、イチモツを咥え込みながら、目を潤ませて恥ずかしそうに頬をバラ色に染めている。

「い、いやらしい……。そんなに僕のを美味しそうに……」

こちらばかり責められるのも癪だと、ちょっとイジワルを言う。

すると眉間にシワを寄せて、苦悶の表情をした美沙が、勃起を口からちゅるっと吐き出して挑発的な表情を見せてくる。

「……美味しいわよ。純也くんのオチンチン……汗臭くて、とてもエッチな匂いがする」

逆に辱められて、純也は身体を熱くする。

奥さんの方が一枚上手だった。

美沙が再び咥えて、今度はゆっくりと顔を打ち振ってきた。

マシュマロのような柔らかな唇が表皮をシゴき、ミニスカからこぼれる白い太ももにヨダレを垂らすほど、たっぷりの唾液に包まれた。

き、気持ちいい……。

さらに、である。

さらさらの前髪が陰毛につくほどに深く咥え込んできた。

豊かなおっぱいを純也の太ももに押しつけ、じゅぷっ、じゅぷっ、と淫らな音を立てる。

「んふうん……ううんっ……ううん」

色っぽい鼻息を漏らしつつ、奥さんはいよいよ本格的に、顔を前後に振ってきた。温かい粘膜に根元まで包まれて、さらに窄めた唇でゆったりと表皮をシゴきあげられる。

「くうう」

亀頭部の敏感な部分を何度も唇でこすられると、ジンとした甘い痺れがうねりをあげて純也に襲いかかってきた。

射精しそうだった。

だが、一方的にされるばかりでは申し訳がない。

下を見ると、美沙のポロシャツの胸元から、白い乳房と淡いブルーのブラジャーが見えた。

でかい。でかいおっぱいが太ももに押しつけられて、動くたびにその形を変えている。

その乳房を見ていてイタズラ心が湧きあがる。

純也は背中を丸め、しゃがんでいる美沙のポロシャツ越しのバストに手を伸ばして揉みしだいた。

「……ンッ！」

美沙が怒ったように顔を赤らめて、眉間にシワを寄せて見あげてくる。

「こ、こっちも……その……シテあげたいなって……」

そんな言い訳をしながら、ポロシャツをつかんでたくしあげた。

「ううん……」

咥えたまま、美沙が顔を横に振る。

困ったような顔にドキドキしながら、一気にポロシャツの裾を引きあげるとブラジャーに押さえつけられた乳房が、ぶるんっ、と揺れながら露わになった。

すげえ……。

思わず息を呑んでしまう。

下着を晒した美沙の上半身は、あまりにエロかった。

レースの入った高級そうなブラに、双乳がせめぎ合うように包まれている。

「……あンッ、やだ……もうっ」

美沙は肉茎を口から離し、恥ずかしそうにポロシャツを下ろそうとする。

「そ、そのままでいてください」

鼻息荒く言うと、美沙は美貌に含羞の色を浮かべ、もじもじしながら、ポロシャツをまた首までたくしあげ、自らおっぱいを露出させてため息をついた。

「ああん……だらしないおっぱいで恥ずかしいわ。この年になると垂れてきちゃうの……」

落ち着いた大人の女性が、少女のように初々しくはにかんでいた。

「そんなことないですよ。素敵だ」

純也が手を伸ばし、ブラ越しの乳房をつかんだ。

「……ンッ……」

美沙が可愛らしく淡い息をつき、羞恥を隠すようにまた勃起を咥えてきた。

「ああ……」

腰が震えて射精への欲望が増す。

それをこらえて、ブラジャーの上端から手を中に滑り込ませ、直に人妻の乳房に指を食い込ませる。

「……むふぅん……」

揉み込むと人妻は唇の動きを止めて、純也を見あげてきた。

眉根を寄せて、眉をハの字にし、せつなそうな顔をこちらに向けてくる。

恥ずかしいくせに、触ってほしいのだ。

それならばと遠慮（えんりょ）なく、ブラの中で、おっぱいを揉んだ。

温かく、すべすべのふくらみ。

ぶるんとした柔らかさと重みがあって、さらに揉みしだくと指が際限なく肉房に沈み込んでいき、ある程度のところで手のひらを押し返してくる。

ずっしりして、や、柔らかい……。

もっと楽しみたくなり、純也はふくらみの頂点を指でくにくにと捏（こ）ねてみた。

すると、みるみるうちに乳首は硬くシコってきて、美沙はイチモツを咥えながら目を閉じる。

「……んんっ……んううん……」

乳首をいじられる快感に、身をひくつかせている。

ああ、いよいよ感じてきたな。

美沙の息づかいがせわしくなり、しゃがんでいる腰がくねり始めている。

それに加えて、タイトなミニスカートから見えるムッチリした太ももを、じりじりとこすり合わせている。

欲しくなってきている——。

女の欲望が見えてくると、煽（あお）りたくなるのが男の性（さが）だ。

乳首をつまみながら、純也は美沙に言う。

「美沙さん、脚を開いて……」

うっとりと目を閉じていた人妻は、ハッとしたように目を開けて、

「……ううん」

とくぐもった声を漏らし「なぜ？」という顔をした。

「見たいんです」

はっきり言うと、彼女の顔がみるみる真っ赤になった。

フェラチオしながら脚を開くのが、相当恥ずかしいらしい。

「開いて……。早くしないとゴルフ場のスタッフに見つかってしまうから……」

強く言うと、やがて人妻は伏し目がちに視線を外し、おずおずと両膝を左右に広げ始めた。

九十度近く膝を開くと、もともと短かったスカートが腰までめくれあがって、白い見せパンが丸見えになった。

エロいな……えっ……!?

じっくり眺めていて息が止まった。

汗ばんでしっとりしているアンダーウェアに染みがついているではないか。

見せパンにまで愛液が染み出しているということは、その中に穿いているショーツはもうぐっしょりに違いない。

「美沙さん……見せパンに染みが……、愛液の……」

人妻の乳首を捏ねながら、純也が耳元でささやくと、美沙は肉棒を吐き出して首を横に振り立てた。

「ち、違うのよっ。これは……」

「濡れているんですよね」

煽ると、美沙は濡れた目をして唇を嚙みしめ、小さくコクンと頷いた。その羞恥にまみれた人妻の表情があまりにエロティックだった。

もうすでにこっちも理性が飛んでいる。

「ゴルフコースで、アレを咥えて濡らすなんて、恥ずかしい奥さんだ」

興奮気味に辱める。

美沙は怒るでもなく、ハアハアと肩で息をしていた。見つめてくる目が潤みきっていた。

もっと辱めてほしいのだろう。

「罰として、自分でしてるところを見せてください。自慰行為しながら、僕のを咥えるんです」

美沙は両目を見開いた。

少し怯えたような、それでいて、欲情を含んだ表情がたまらない。

何かを言いたそうだったが、美沙は唇を引き結び、やがて脚を開いたまま言われた通りに恥ずかしい染みの浮いた見せパンを指でさすり始めた。

「あっ……あっ……」

うわずった声を漏らし、瞼をとろんと半分落として肉棒を注視する。

左手でそれをつかんで愛おしそうに撫でながら、ゆっくりと唇を被せてきた。

「……ううんっ……ふううんっ……」

美沙はフェラしながら、いよいよ自分の股間をいじり始めた。

ゴルフ場のコース内でゴルフウェアを着たまま、男のモノを美味しそうにしゃぶりつつ、オナニーを始めた美人妻。

命じた純也が驚いてしまうほどエロい光景だ。

一気にイチモツが熱くなってきた。

「あ、く……」

しかもだ。

オナニーの指使いだけではない。

美沙のおしゃぶりも、ますます情熱的になってきた。

頰をへこませ、じゅぽっ、じゅぽっ、と音を立てて吸ってきたかと思えば、唾液まみれの肉竿をいったん吐き出して、ソフトクリームのように舌全体を使って、ねろーりねろーりと、裏筋や亀頭冠(きとうかん)を舐めあげてくる。

「くうう……」

気持ちよすぎて目が開けられない。人妻の口技にとろけてしまいそうだ。

「……ううん……んぅん……んう……」

美沙はセクシーな鼻息をひっきりなしに漏らして、左手で肉竿の根元をシゴきながら顔を打ち振ってくる。

その間にも右手は自分の濡れ溝(みぞ)をいじり、ますます妖艶な雰囲気を醸し出していた。

「ああ、美沙さん……出そうだ」

必死に訴える。

だが美沙は純也の勃起を咥えながら顔を横に振り、

「むふんっ」

と色っぽい視線を送ってくる。

「だめって……で、でも、出ちゃうっ！」

だが美沙は一向にフェラを止めようとしない。

それどころか、さらに激しく顔を打ち振ってきた。

「あうう」

もうだめだ。

ガマンできなかった。

美沙をもう一度見ると「いいわよ」と目が訴えていた。

いいわよって……まさか……。

しかし、もう考えられなかった。

尿道がたぎり、頭の中が真っ白になったときだ。

「うっ！」

脚が震えた。

いつものオナニーとは比べものにならないほどの快感が、純也の全身を貫いた。

「くぅぅっ……」

どく、どくっ、どくっと、切っ先から精液が放出されていく。美沙の喉奥に浴びせるように純也は射精していた。

美沙を見ると頰がふくらんでいる。

ああ、奥さんの口の中に、あんなに苦くて汚いものを出して……。

申し訳ないと思う反面、すさまじい興奮に包まれる。

可愛いゴルフウェアの人妻の口の中に射精したのだ。最高だった。

やがて美沙がペニスから口を離した。

イタズラっぽく微笑みながら、こちらに向けて口を開けると、口の中は白いゼリーの海になっていた。

「す、すみません。吐き出してください、美沙さん」

だが、美沙はそのまま口を閉じ、喉をコクッ、コクッと動かした。

えっ、の、吞み込んだ？

純也は呆然と見つめた。

美沙は目を開けて、ウフフとはにかんだ。

「んはあっ……すごい量だったわ……いっぱい出たのね」

「あ、あんなの吞ませて……すみません」

謝りながら、純也は足元に落ちたパンツとズボンを上げて、まだ半勃ちのペニスをしまう。美沙もポロシャツを下げて、おっぱいを隠して笑みを見せる。

「美味しかったわ。純也さんの精液。とろみがあって、濃くて……」

目を点にしていると、美沙はまたズボンの上から股間を撫でてきた。

「ねえ、まだ私の方がすっきりしないの……今日のレッスン、延長してもらいたいの……」

可愛らしく美沙が腕をからめ、おっぱいの柔らかさを肘に感じながら耳元でささやかれた。

「ねえ、夜もこのシャフトでレッスンしてほしい……」

「えっ」

出したばかりだというのに、純也のシャフトは早くもアイアンのように硬くなっていた。

第二章　手取り足取り密着レッスン

1

純也の打ったボールが、思いきりスライスした。

「おいおい、さっきからなんや」

後藤が素振りをしながら笑った。後藤は、純也がスポーツジムでインストラクターをしていたときの同僚で、やたら声のでかい男だ。純也よりひとまわり年齢が上で、既婚者で小さい娘がひとりいる。

「なんだ、イップスか？」

牧村が首をかしげる。

彼は純也の大学時代の一個上の先輩だ。

このゴルフ場の親会社である、東南海リゾートグループの法人営業担当で、日々取引先や新規開拓先との接待ゴルフに余念がない。

「はは、どうもこの前から右に曲がってばかりで……」

純也は頭をかいた。

先日のこと。

元取引先の紺野部長の奥さん、美沙とのゴルフレッスン中に、林の中で誘惑され、口で導かれた。

そしてレッスンを終えて、送っていく途中の国道沿いのラブホテルにクルマを滑り込ませ、ベッドで延長レッスンを行ったのだ。

フリーのゴルフインストラクターはおいしい仕事だなあとウハウハだったのだが、あの日以来、どうも調子がいまいちだ。

「オチンチンもスライス気味なのね」

と咥えられる前に美沙から色っぽく言われて、どうもその日から、ショットがスライスするようになってしまった気がする。

「右に曲がる？　そんなクセあったか？」

後藤が訝しそうな顔をする。

「なかったんですけど、どうもこのところ、よく曲がるんですよね」

純也は念入りに素振りをした。

《オチンチンもスライス気味》は冗談としても、奥さんとラウンドした日から、スイングが安定しなくなったのは確かだ。

ここで直しておかないと、マジでイップスになってしまいそうだった。

「あれが右に曲がってるんじゃないのか」

後藤が下品に笑う。ドキッとした。

「しかし、これならチャンスだな。握るか、昼飯」

牧村が面白がって言う。

「またこんなときばっかり」

純也は口を尖らせた。

握るというのは、賭けゴルフのことである。もちろん金品のやりとりは御法度だが、食事くらいならよくあることだ。

「こういうときでもないと、東山には勝てんからなあ。こいつ、大学のとき、ハンデつけた原英莉奈に勝ったことがあるんすよ」

牧村が後藤に言う。

「原英莉奈って、いっとき美人で話題になった女子プロゴルファーだろ。テレビとかによく出てたけど……最近はあまり見かけないし、戦績も聞かないな」

後藤がそんなことを口にしてから、ティーショットを打った。

「最近調子悪いみたいですね。英莉奈はウチらの一個下で東山たちと同期。昔から実力は頭ひとつ抜けてたもんなあ。それにエロくて……」

牧村がいやらしく笑いながら、ティーショットを打った。

「いいなあ。原英莉奈。顔立ちはキレイだしスタイルも抜群でさ。ふたりはもう連絡は取ってないのか」

三人でカートのところまで歩きながら、後藤が興味津々で訊いてきた。

「取ってないですよ。忙しいんじゃないですかね」

純也が言うと、後藤ががっかりした顔をする。

確かに英莉奈のことは最近、ニュースでも話題にのぼらない。

結婚してから成績が落ちてしまったのだ。

英莉奈は同期の星、という以上に特別な思いがあった。

彼女は大学でも美人で有名で、熱をあげている男が大勢いた。

純也もそのうちのひとりだ。

部活では、彼女と何度かマッチプレーをして、ほぼ互角だった。

そんなある日、「俺が勝ったら、付き合ってくれよ」と冗談ぽく言ったら、英莉奈はオッケーと軽く受けてくれた。こちらは内心、本気だった。

ただそのせいでティーショットを打つ際に力んでしまい、英莉奈に負けてしまった。

どうも自分は、ここ一番のプレッシャーに弱いのだ。

「東山さ、おまえ、もうツアープロにはならんのか」

牧村が話題を変えた。

「なりませんよ。今年、三十ですよ」

「三十歳からゴルフを始めたプロもおるけどな」

「まだ怪我も完治してないし、無理ですよ。ん？」

カートでセカンドショットの近くまで行こうとしたときだった。

自分たちのカートの真後ろに、別のゴルフカートがぴたりとベタづけされていたのだ。

これではカートの後ろに積んであるゴルフバッグに、クラブをしまうこともできない。

乗っていたのは中年の男性たちだった。

「何しとる。はよ行かんかい」

白髪に眼鏡をかけた肌の浅黒い男が、あからさまに舌打ちして唾を吐いた。

だがそんなことを言われても、普通にティーショットを打っただけだ。

こちらは初心者ではない。

マナーぐらいわかっている。純也はぴしゃりと言い返した。

「お言葉ですが、僕らは別に遅延もしてませんし、スロープレーもしておりません。それよりもカートを後ろに下げてもらえませんか。マナー違反です。それにスタート時間はもう少し遅らせてもらわないと」

「何ぃ？」

カートに座る中年男たちが色めき立った。

そこに牧村が割って入ってきた。

「すみません。すぐにどきますので」

牧村のその平身低頭ぶりに驚いて、純也たちも頭を下げてからクラブを持ってカートに乗り込んだ。

背後のカートには、男三人と若い女性がひとり乗っていた。

小柄でとても可愛らしく、初々しいゴルフウェア姿が眩しかった。

彼女は下を向いて、ちょっと申し訳なさそうな顔をしていた。

どんな組み合わせなんだろう。

気になりつつも、ゴルフカートに乗って運転する。

「あれな、四つ葉の連中だ」

後部席の牧村が、後ろの組が見えなくなってから小声で言う。

「四つ葉？」

純也と後藤がハモった。

四つ葉と言えば、天下の四つ葉ホールディングスのことである。日本トップの大手商社で扱っている商材も多岐にわたる。エリート中のエリートだった。

「東南海リゾートグループの大株主で、コンペは必ずここでやるお得意様だ。だけど聞くところによると、マナーは悪いし態度がとにかく横柄だと受付スタッフたちの評判は最悪。でも金だけは落としてってくれるから強く言えないと……」

「大変だなあ」

後藤が同情して言う。

「ゴルフ場は今どこも大変なんですよ。若い女の子は増えたんですけどねえ」

牧村がため息をつく。

コロナ禍で密を避けられるスポーツとして、二、三年前からゴルフがプチブームになった。そのおかげで若い女の子の姿が練習場やゴルフ場に増えたのは、純也も実感として持っていた。

若い女の子か。

ふいに、先ほど四つ葉の連中のカートに同乗していた女の子を思い出す。

彼女はオジサンたちに囲まれてイヤそうだった……というよりも、この世の終わりのような青ざめた表情をしていたのが、妙に気になった。

2

一週間後。

純也は名古屋市内の打ちっ放しの練習場にいた。

レッスンをお願いしたいと連絡をもらったのだが、就活中の女子大生からという珍しい依頼だった。

若い女性からのレッスン依頼もたまにあるが、みな社会人で、しかもグループで申し込んでくることが多い。

今回のようにマンツーマンで、しかも女子大生というのは初めてである。よほどうまくなりたい事情があるのだろう。
受付で待っていると、時間になって小柄な女性が現れた。
純也から話しかけようとして、ん？　と思った。
可愛らしい顔立ちだったのでドキッとしたのもあるが、どこかで見た気がしたのだ。
そうだ。
先週、四つ葉ホールディングスの連中と一緒にラウンドしていた若い女の子だ。
間違いない。
「こんにちは。本間翼（ほんまつばさ）さん……ですか？」
話しかけると、彼女はパアッと明るい笑顔になった。
「あっ、はいっ！　えーと、東山先生ですよね。今日はよろしくお願いします」
か、可愛いじゃないか。
先週、コースで見かけたときの表情とは雲泥（うんでい）の差である。
あのときも目が大きくて整った顔立ちだと思っていた。
だがマジマジと近くで見れば、純也のもろタイプで、年甲斐もなく一瞬で心を奪われてしまった。

童顔で小顔、首がほっそりして華奢なタイプ。

重たげなほど長い睫毛に、バンビのような黒目がちな瞳。

ひな人形のような可憐な顔立ちで、男をまるで知らないような清らかで初々しい雰囲気がたまらない。

彼女は紺色のワンピースタイプのゴルフウェアを着ていた。

ノースリーブのスポーティなもので、清楚な彼女によく似合っている。

胸元は清純さとは裏腹に充分に女らしいふくらみを見せ、細いウエストのくびれから下は、驚くほど豊かで量感がある。

可愛らしい女の子なのに、身体はエロくて色気があった。

言葉を選ばずに言えば、男がついついイタズラしたくなるような、Mっぽい雰囲気を醸し出しているのである。

まだ二十一歳の女子大生だぞ。

そう思うのに、オジサンに差しかかった純也は身体を熱くしてしまう。

「本間さん、えーと。ゴルフの経験は？」

「あります。東山先生、先週、実はお会いしてるんです」

彼女が覚えていたので驚いた。

「えっ？　ああ、覚えてたんだ。僕も実はあのときの子だって思ってて」

「覚えてたっていうか……あのとき、ゴルフ場の受付で個人レッスンしていないかと訊いたら、契約しているフリーのインストラクターさんがいらっしゃるって聞いて……。ホームページを見たら、あ、あのときの人だって」

その言葉を聞いて、また胸が熱くなった。

「それはうれしいなあ。でもあの日、一緒にラウンドしてた人に生意気なことを言っちゃったけど……」

「いえ、あれはこっちが悪かったので。来春からお世話になる会社の人たちだから、私、あのとき何も言えなくて……。でも、東山先生がマナーのこと、ぴしゃりと言ってくれて……そういう人だったら信頼できるかなって」

「そう言ってもらえて、うれしいよ」

来春からお世話になる会社ってことは、彼女は四つ葉に内定しているってことだろう。

「あ、それと『東山先生』はちょっと堅苦しいから、別の呼び方の方がいいんだけど」

「何てお呼びすればいいですか？」

「そうだな……コーチ、かな……」

「わかりました、コーチ！」

元気潑剌（はつらつ）としたその笑顔が眩しすぎる。ますます気に入ってしまった。

「えっと、それじゃあ……経験あるなら早速、打席に行きましょうか」

「はい！」

チェックインしてボールを買ってから、受付で指定された番号の打席に移動する。二階の左端だ。平日の午前中だからか、二階の打席には他の客はひとりもいない。

軽く準備運動をしていると、翼から、甘酸っぱいフルーティな匂いが漂ってきた。

しかし、可愛いな、この子。

大きくてぱっちりした目と、サクランボのような赤い唇が特徴的だ。

ほぼナチュラルメイクだけというのに、こんなにも可愛いのだからすごい。

カレシとかはいるんだろうか？

それよりも男性経験はあるのだろうか？

そんな不埒なことを考えているなんて夢にも思っていない彼女は、準備運動を終えるとこちらを見て、ニコッとした。

純也は慌てて目をそらしつつ、照れ隠しに口を開く。

「そ、それにしても……まだ大学生で、しかもひとりで申し込んでくるなんて珍しいね」

「そうですか？」

「うん。余程ゴルフが好きなんだね。それとも早くうまくなりたい理由でもあるの？」

「ゴルフは好きです。でもまだ始めて一年くらいなので」

好きだと言うわりに翼の顔が曇った気がしたが、気のせいだろうか。

「じゃあ打ってみようか」

ボールをティーに置くために前屈みになると、ミニ丈のワンピースにアンダーウェアのラインが浮き立った。

おおうっ。

思わず目が吸い寄せられる。

小柄で華奢だが、下半身の肉づきはいい。

二十一歳の女子大生の尻はムチムチと張りつめていてエロかった。

翼はそんないやらしい視線で舐めまわされているとも知らず、真剣な顔で素振りを始めた。

初心者にありがちな硬いスイングだった。腰がまわっていなくて、腕だけで振っている。

「なるほど。ちょっとスイングが硬いね。まず握り方だけど……」

本人の言う通り初心者で、まだスイングの形も固まっていないようだから、教え甲斐がありそうだった。

「そう、そんな感じで。もう少しトップを上げた方がいいかな」

純也に言われるがままに、翼が素振りをした。

ちょっとアドバイスしただけで、翼は見違えるようなスイングをする。センスはいいらしい。

「今のはいいね」

褒めると、彼女は満面の笑みで、

「はいっ」

と元気よく返してくれる。

そうなると、純也も指導に熱が入ってくる。

「それで、もう少し腰をまわした方がいいかな」

純也が腰のまわし方を目の前で実践してみせる。

「じゃあ、やってみて」

「はい」

翼が真似て腰をまわすのだが、ひねり方が弱かった。

「もうちょっと、こう……」

ついつい熱が入って、背後から彼女の腰をつかんでしまった。

その瞬間、翼の身体がビクッとした。

しまった。純也は慌てた。

インストラクターが生徒さんの身体に触れるのは御法度だ。

ましてや相手は年頃の女性で、しかも腰に手を触れるなんてセクハラもいいところである。

「ご、ごめん。腰のまわし方を教えようとして、つい……申し訳ない」

真摯(しんし)に謝るも、翼は黙ったままうつむいてしまった。

そうだよな。

純真無垢（じゅんしんむく）な雰囲気の彼女が、ちょっとだけとはいえ男に身体を触（さわ）られたら、拒否反応を示してしまうに違いない。

「も、申し訳ない。もし違う人の指導の方がいいなら、別のインストラクターを紹介……」

「……いいんです。触ってください」

「へ？」

翼が顔を上げて、真っ直ぐこちらを見た。

目の下を赤く染め、つらそうに眉をひそめていても、何か決意めいたものが彼女の表情に浮かんでいた。

3

「あの……えっ？」

聞き間違いだと思った。

しかし翼はもう一度、はっきり口にした。

「いいんです。あの……私の腕や脚や腰に触っていいので、もっと手取り足取り教えてください」

「えっ、あ、ああ……そういうことなら、わかりました」

なるほど。純粋にうまくなりたいんだな。

とにかく腰に触ったことは、レッスン中であればＯＫらしい。

ほっと胸を撫でおろし、ならばと翼の後ろにまわって、ちゃんと教えることにした。幸いまわりに客はいないから、通報されることもないだろう。

手取り足取りしっかり教えてほしいということなら遠慮せずにいこうと、グリップを持つ翼の手に背後から両手を添えてスイングさせる。

「わかる？　こんな感じ」

「はいっ」

翼が肩越しに爽やかな笑顔を見せてくる。

か、可愛いなあ。

小柄で華奢だから、腕の中にすっぽり納まる感じになって、このまま抱きしめてしまいたくなる。

「ちょっと上から、こういう感じで腕を振ってみて」

もう一度、後ろから手をつかんでスイングさせると、ワンピースの胸元が悩ましく揺れて、上から覗くと開いた襟元(えりもと)から、白い胸の谷間がちらりと見えた。

小ぶりだけど、谷間ができるくらいのサイズはあるんだな。

ついついそんなことを考えてしまうのは、彼女が魅力的だからだろうか。

そんなことを考えながら、指導していたのがいけなかった。

あっ……。

翼のお尻が、純也の股間にぶつかってしまったのだ。

まただ。先日の紺野部長の奥さん、美沙のときと同じだ。

慌てて腰を後ろに引いたものの、遅かった。

翼が顔を赤くして、うつむいている。

まずい、まずい、まずいぞ。

翼の胸元を覗いていたから、ちょっと股間が硬くなっていた。そう、半勃ち状態だ。

最悪だ。

先日の奥さんはたまたま欲求不満だったから助かった。

だが今日の生徒さんは可憐で清楚な女子大生だ。わざとではないにしろ、そんな子のお尻に硬くなったドライバーをこすってしまうなんて……。

どうしよう。

このまま何もなかったことにしようか……。

だが黙っていると、セクハラ・インストラクターの汚名を着せられてしまうかもしれない。頭の中でぐるぐると考えを巡らせていたときだ。

翼が震える声で言った。

「あの……もっと……もっと押しつけてもいいですから……。この姿勢のまま、セクハラ……してください」

さすがに純也もパニックになった。

「……あ、あの、本間さん……ど、どういうこと？」

尋ねると、彼女は恥ずかしそうにうつむいて、消え入るような声で言う。

「慣れておきたいんです」

「な、何に？」

「セクハラに、です」

翼が顔を上げて振り返り、真っ直ぐにこちらを向いて答える。

「ど、どういうことかな」

再び問うと、翼は小さくため息をついた。

「私、就活の第一志望が四つ葉ホールディングスだったんです。若いうちから海外に出て、大きな仕事をしたいと思っていました。でも、私の通っている大学のランクでは難しいかなと思って諦めていたんです」

そこまで言っていったん息をついて、彼女は続けた。

「そうしたら、まさかの内々定をもらえて……夢みたいでした。倍率でいうと、三百倍とかそれくらいだったので……大学では去年からゴルフサークルに入っているんですけど、どうやらそれが決め手だったみたいで……。先日、人事や営業部の人に一緒にコースに出ないかって誘われて、それが先週のことだったんです」

「ああ、僕と会った日が……」

「そうです。それで、そのときに……」

そこまで話して翼の表情が曇った。

何か思い出したくないような顔をして唇を噛んでから、大きなため息をついて続けた。

「そのときに……教えてあげるからと腕や腰を触られたり、その……いろいろエッチなことを言われたり……」

「そりゃひどいな。エッチなことって、誘ってくるってこと？」

「はい。それもただ誘うだけじゃなくて……その……『あの狭い木と木の間を抜くから、成功したらキミがヌイてくれないか』とか、ゴルフクラブのヘッドカバーを取るときに、私がお取りしましょうかって言ったら『ゴムを取るように優しく取ってね』って言われたりとか、あの日、最後の方に雨が降りましたよね。雨のグリーンは難しいですよねって言ったら『びしょびしょに濡れてる方が入れやすいよ、翼ちゃんもそうだろう』とか……」

いきなり下ネタのオンパレード、純也は少し引いた。

まくし立てるように話した彼女は、かなり鬱憤が溜まっているようだ。

それにしても、これほど清楚な子の口から、ヌクとかゴムとかエロい単語が次々と出てきて、ちょっと不謹慎だが、にやけてしまいそうになる。

「そ、それはきついね……」

「……はい」

翼は頬を真っ赤に染めて恥ずかしそうにする。

あの連中なら言いかねない、そう思った。

「それで困った顔をしていたら『だめだよ、得意先とのゴルフ接待では、これくらいの冗談、普通にあるんだから。愛想よく笑顔で受け流さないと』って注意されて……だから、慣れないといけないと思って……」

この令和の時代に、そんな会社があるのかと呆れた。

しかも日本で指折りの大企業である。

「だから僕にセクハラしてほしい、か……そんな会社はさすがにまずいよ。第一志望っていっても他にも商社はあるんだし……、今は売り手市場だからブラック企業の内定なんか蹴った方がいいよ」

「だめなんです。四つ葉に入社するのが夢だったから、絶対にだめなんです」

間髪容れずに返してきた。

今までになく真剣な表情である。

「だから、セクハラをしてください。慣れておきたいんです。それも含めてのレッスンをお願いしたいんです。こんなこと、誰にも頼めないし」

「いや、あの……してくださいって言われても……」

しどろもどろになっていると、彼女は、じりっ、と迫ってきた。

甘酸っぱい吐息の匂いが感じられるほど、ピタリと身体を寄せられる。

純也は思わずまわりを見た。他の客の姿はない。

し、しかし……。

翼を見ると、ゴルフウェアに包まれた小さな身体が小刻みに震えていた。

目の下を赤く染め、乱れる呼吸を必死にこらえているように見える。

もちろんセクハラされるなんて、本当はいやに決まっている。

それでも彼女は念願だった四つ葉に入って仕事をするために、自分の身体を使おうとしている。

だめだ、そんなことはよくない。

だが……。

ここで断ったら、彼女は別のインストラクターに同じようにセクハラレッスンを依頼するに違いない。

それもだめだ。

他の男が、こんな可憐な子をセクハラするなんて……。

翼を見た。

肩までのサラサラヘアに、ぱっちりとした大きな目、黒目がちな瞳。

赤くてセクシーな瑞々しい唇。

なんて可愛いんだ……。

胸のふくらみはいやらしく、腰は折れそうなのにヒップには量感がある。

ワンピースのミニ丈から覗く太ももは、意外なほどムチムチと健康的に張りつめていて柔らかそうだ。

い、いいのか……ここまで清らかな子に、セクハラなんかして。本当にいいのか？

思わず唾を呑み込んでしまう。

葛藤の末に、純也は言った。

「わ、わかった。でも……ホントにいいのかい？　あとで訴えたり……」

「そんなことしません。真剣なんです。コーチはいやかもしれないけど、セクハラを……お願いします」

いやなわけない。

むしろお願いしたいくらいだ。だけど……。

翼にじっと見つめられて、純也は折れると同時に、妙な昂(たか)ぶりを覚えてしまうのだった。

4

い、いいのか……いいんだよな……。

まあどうせ、少しでも触ったら泣き出して、やっぱり止めると言い出しそうだ。

エロい身体つきをしていても、まだ二十一歳の女子大生だ。

ほとんど初めて会ったばかりの男に性的イタズラをされて、たえられるわけがない。

逆に、いやならいやと、ぴしゃりと言えるようになってほしい。

内定をエサにセクハラする会社なんて、いくらなんでも令和の時代にブラックすぎる。いや、令和でなくてもひどい。

よし、と心に決めた。

ひどいセクハラをすれば、彼女もいやになるだろう。もしかしたら四つ葉入社自体も思い直すかもしれない。

純也は翼の後ろにまわり込んで、思いきり大胆に身体を寄せていく。

「……あっ……」

翼が小さく声をあげ、華奢な身体をビクッと震わせた。

股間をわざと翼のヒップに食い込ませる。

「こうやって、腰を横に動かさずに回転させるんだ。腰全体で動かすというより肩を腰と一緒にまわす感じかな」

純也は両手で翼のほっそりした腰をつかんで、こうやってまわすんだと実践して見せる。

と同時に股間をぐいぐいとヒップに密着させる。

「ンッ……」

翼が震えて、かすれた声を漏らした。かなり恥ずかしいだろうに、それでもいやがらずに健気(けなげ)に素振りを続けている。

仕方ない。

もっと大胆にいくか。

「本間さん、ちょっと姿勢が悪いな。お尻を後ろに突き出して」

純也は思いきって手のひらで、翼のヒップをつかんだ。

「キャッ！」

翼が声をあげて、姿勢を伸びあがらせる。

「いやなのかい？」

そう切り出すと、翼は振り向いて睨(にら)んできた。

「……いやじゃありません。ど、どうぞ……続けてください」

翼の顔が真っ赤になっている。
明らかにいやがっているのに、翼はやせガマンして、こらえようとしていた。翼
まいったな。引っ込みがつかなくなってきた。それに純也も興奮していた。翼
の反応が可愛らしすぎるのだ。
純也はもう一度、翼のヒップのカーブにそって手のひらを押し当てる。
「……ンッ……」
翼はもう悲鳴もあげなかった。だが全身が震えている。
純也はいよいよ大胆に、ゴルフウェア越しに翼のヒップの丸みをいやらしく撫
ではじめた。
おおうっ。
たまらない感触だった。
ぷにぷにするような弾力と、悩殺的な丸みに興奮が高まっていく。
これが二十一歳の女子大生のヒップか……。
「うっ……くっ……」
翼はクラブを握ったまま、激しく膝を震わせる。
恥辱にたえるようにうつむきながら、両肩をすぼめて身体をかちかちに強張

らせている。

ああ、なんて可愛いお尻なんだ……。

小柄のわりにお尻は豊かに発達していて、三十六歳の人妻である美沙の巨尻とはまるで違う魅力にあふれた、まさに桃尻だ。

まだ男に触れられていない青い果実をイタズラしているような気になって、純也は息苦しいほどの興奮を覚えてしまう。

股間を硬くして尻を撫でまわしていると、ここがゴルフ練習場だということを忘れてしまいそうだった。

慌ててまわりを見てから、翼の耳元でささやいた。

「ちゃんとスイングして。できないなら、いやがってもいいんだよ。セクハラなんてとんでもない。ちゃんといやがった方がいいんだから」

諭すように言うが、どうやら藪蛇(やぶへび)だった。

翼は真っ赤な顔をしたまま、挑むような目つきで言い返してきた。

「へ、平気ですから、これくらい……もっとしても、いいですから」

顔に似合わず頑固だなあ、この子。

純也もムキになった。

後ろから覆い被さりつつ、翼のゴルフウェアのヒップ全体を、いやらしい手つきでまさぐった。尻肉を揉みしだくだけではなく、深い尻割れを指でなぞってやる。もう完全に痴漢である。

背後から覗けば、翼は震えながら赤い唇を噛みしめていた。

大きな目が羞恥に歪み、今にも泣き出しそうだ。

「ほうら、いやなんだろう？　強がりはやめて、いやならいやと言った方がいい」

純也はゴルフグローブを外した手で、直に太ももを撫ではじめた。

それからさらに、すうっとミニ丈のワンピースの中に手を入れて、中に穿いているアンダーウェアに触れないギリギリの付け根部分までをいやらしく撫でてやると、

「ああっ！」

さすがに裾の中にまで手を入れられるとは思っていなかったのだろう。

翼は純也の手を振り払うように尻を振り、くるりと身を翻して、こちらを向いた。黒目がちな目に、うっすら涙を浮かべている。

「ご、ごめん。やりすぎてしまって……」

しかし、翼は挑むような目つきをした。

「もっと触ってもかまいませんから。お尻だけじゃなくて、む、胸とかも……」

「そ、そこまでしてくることはないいんじゃないの？」

「いえ、何か物を取ろうとするときに、私の胸元を手でかすめたりして……」

まったく、なんて姑息なエロジジイたちだろう。

今どき珍しいほどの清純派の彼女が、あの紳士面した男たちに胸や尻を撫でまわされるなんて、腹が立ってきた。

「ねえ、本間さん。やっぱりその会社、絶対にやめた方がいいよ。そこまでして、そんな夢なんか、かなえなくてもいいんじゃないか」

彼女を助けるつもりで口にしたのだが、しかし翼はその言葉にカチンときたらしく、強い口調で言い返してきた。

「そんな夢なんか、なんて言い方……ひどいです。チャラチャラしたゴルフのインストラクターなんかに、私の夢のこと、とやかく言われたくありません」

「なんだと」

大人げなくカッとしてしまった。

こちらだって、ずっとゴルフ一筋でやってきたんだ。

チャラチャラしているつもりなど毛頭ないし、今の仕事に就いてからも真面目に生徒さんたちに教えてきたつもりだ。

「そんなに触ってほしいなら、触ってやるさ。その前に、ゴルフウェアの下は何を穿いてるんだ？」

売り言葉に買い言葉の純也の返しに、彼女は眉をひそめた。

「な、何って……スパッツですけど」

「今から更衣室に戻って、スパッツを脱いでくるんだ」

「えっ？」

翼が大きく目を見開いた。

純也はわざといやらしそうにニヤッと笑って、翼を舐めるように見た。

ここまでひどいことを言えば、さすがに決意の固い彼女も、おとなしくなるかと思ったのだ。

翼は震えながらこちらを睨み返し、そしてすぐに振り向いて、足早に去って行ってしまった。

やりすぎてしまったか……。

彼女にはあとで連絡して、レッスン料を返金して謝ろう。

連絡が取れるかどうか、わからないけれど……とにかくこれで思い直してくればいいのだが……。

ボールが余っていたので、純也が練習ついでに打っていたときだ。

翼の姿が入り口に見えたので驚いた。

しかもである。

早足で戻ってきたのだが、ウェアの胸元の揺れ具合が、先ほどとは違って明らかに大きく弾んでいる気がして、純也は息を呑んだ。

ま、まさか……ノーブラ……？

唖然としている純也に、翼が真っ赤な顔をして迫ってきた。

その姿を見て純也は思わず「あっ」と口にしてしまった。

翼のゴルフウェアの胸のふくらみの頂が、ぷくっと浮いていたのである。

5

ま、間違いない。

やっぱりこの子……ノーブラだ。

純也の頭に「なぜ？」という疑問符が浮かんだ。脱いでこいと命令したのはスパッツだけだ。

翼は色白の可愛らしい顔を紅潮させつつ、純也から目を離そうとしない。

「ぬ、脱いできました。これでいいんですよね」

ずい、と迫られ、ミニ丈のワンピース越しの乳房がみぞおちのあたりに押しつけられている。

ふにょ、としたノーブラの乳房の感触が伝わってくる。

「ぬ、脱いだって……」

「スパッツを脱いできました。それに……私が本気だってことも見せたかったから、ブ、ブラジャーも……」

「ええ？」

「だから、続けてください」

また紺色のワンピースの胸を見てしまった。

ノ、ノーブラ……このゴルフウェアの下は、下着も何も付けていなくて、な、生おっぱい！

それにミニ丈のワンピースなのに、見せパンではなく生下着である。

頭がクラクラしてきた。

ウェアはぴったりしているから、胸ぽちだけでなく、翼の胸の形までくっきりわかった。

わずかに残っていた理性も、欲望に負けて純也は言った。

「わ、わかった。じゃあ、今から屋上に行こう。そこでパッティングの練習をするから」

この練習場の屋上にはパターの練習場がある。

もうこうなったら、とことん付き合うと決めた。彼女の健気なほど真っ直ぐな気持ちは裏切れない。

屋上にはグリーンが三面ほどあって、わずかに傾斜している。

客は他に一組、男性ふたり組だけだった。誰もいないことを願っていたのだが、しょうがない。

翼は他の客がいるのを見て、顔を歪めて胸のあたりに腕をやって、ノーブラの胸を隠していた。

純也は耳元でささやいた。

「ねえ、本間さん。もっときついセクハラもされるんだよ。得意先の連中もいやらしい目で見るだろう。もう一度、就職を考え直した方がいいんじゃないか？

夢をかなえたい気持ちもわかるよ。それでも、やっぱり……」

翼は真剣な面持ちで見返してきた。

「あの……東山さんは、どうして会ったばかりの私のこと、そんなに親身に考えてくれるんですか？」

視線を外そうともしない。

うっ、とあまりの可愛らしさに、言葉がつまってしまう。

「そ、それは……」

一目惚れしたんだよ、とは言えなかった。

「心配だからだよ。キミがつらい思いをするんじゃないかって……」

「私、負けませんから」

胸を張って言われた。

そう言われてもな……仕方ない。

「キミの気持ちはわかった。決心は固いんだね。だったら、パットの練習をしようか。芝のラインをまずは読んで」

「はい」

翼は頷くと、他の客の視線を気にして、男性ふたりに背を向ける位置に立ち、少し屈んで芝目を見た。

後ろから見えそうになってしまい、翼は慌ててワンピースの裾を手で押さえつけて、カップまでの傾斜をじっと見ている。

「それじゃだめだ。ちゃんとしゃがんで、しっかり芝目を見ないと」

純也が言うと、翼は口惜しそうに唇を噛んだ。

この短い丈でしゃがんだら、間違いなくワンピースの裾の中が、ばっちりと見えてしまうだろう。

見せパンでなく、生下着。

しかも純也だけでなく、他の客にも見られてしまうおそれがある。

翼は立ちすくんで唇を噛んでいた。

さすがに他の客がいる前で、生パンチラはしたくないのだろう。

無理です、という言葉を待った。

ところがだ。

羞恥の色を浮かべつつ、翼は静かに深呼吸を始めた。

おいおい。ホントにしゃがむつもりか？

そんな短い丈でしゃがんだら、間違いなく下着が丸見えになるぞ。

心配をよそに、翼はすっと脚を曲げて腰を下ろした。

素脚が折り曲げられて、ふくらはぎとムッチリした白い太ももが重なっていた。

他の客の目もあるので、恥ずかしいのだろう。

膝をぴったり閉じてしゃがんでいるのだが、丈が短すぎるので肉感的な太ももの奥に白い三角形がちらりと見えた。

下着はやはり白か……。

この子にはやはり白い下着が似合うな。

それだけで純也は鼻の奥がツーンとするほどの興奮を味わった。

「こ、これでいいですよね」

翼はその魅惑のデルタゾーンを手で隠すことなく、パターを目の前に垂直に吊りさげて、真剣に芝目を読んでいた。

先日、紺野部長の奥さんが、同じようにミニスカで脚を開いてスカートの中を見せてきたが、それは見られてもいいアンダーウェアだったからだ。

だが、今は……。

翼は生下着だ。普段身につけている下着でしゃがんで、パンチラしているのだから、恥ずかしさもひとしおだろう。

「あ、あの……右に傾斜していると思うんですが……」

翼が膝を閉じてしゃがんだまま、真っ赤な顔で言う。

本来は背後にまわって、合っているかアドバイスをするのだが、ここは翼のためだと自分に言いきかせて、真正面から動かない。

「そんなグラグラした安定しない姿勢で読んでも意味がない。片膝をグリーンについて芝目を読むんだ」

無茶なことを言うと、翼は苦虫を嚙みつぶしたような顔で純也を見た。

可愛らしい顔が羞恥に歪み、ついにはこちらの視線にたえきれないという風に下を向いてしまう。

ああ、翼ちゃん……。

申し訳ない気持ちで一杯だった。

だがそんな心とは裏腹に、ムッチリした白い太ももを震わせている翼に、いけないと思いつつも、欲情していた。

恥じらいながら、男の前で脚を開いて下着をさらそうとしている清純な二十一歳の女子大生に、もう目が釘付けだった。

ひ、開く気なのか、脚を……。

翼の白い美貌は湯上がりのように赤く染まっている。

無理だ。開けばパンモロだ。

今でももう一組の男性客たちは翼の後ろ姿に熱い視線を投げているのに、脚を開いてしまえば男たちはさらに目の色を変えて、どうにかして翼のパンモロ姿を見ようと、立ち位置を変えるに違いない。

つ、翼ちゃん。

彼女はしばらくしゃがんだまま考え込んでいた。

そして……。

翼は顔をそむけながらも、ゆっくりと膝を左右に広げていく。

おおう！

翼の白いショーツがまともに目に飛び込んできた。

大きく脚を開いているから、股間の細部まではっきりわかる。

ショーツの股布（またぬの）の上部はレースが施（ほどこ）されていた。清純そうな彼女にはぴったりの下着だった。

しかし、よく見るとクロッチの真ん中がワレ目の形に窪（くぼ）んでいた。

おおうっ、いたいけな女子大生のお、おまんこだ……。

翼が脚を動かせば股布がよじれ、ショーツの横からちょろちょろっと短い恥毛がハミ出しているのが見えた。エロい、エロすぎる。

「こ、これでいいんですよね」

翼が目の縁(ふち)を赤く腫(は)らして、うらめしげに言う。

「あ、ああ……それでラインを読むんだ。しっかりとね……」

言うと、翼は大きく脚を開いたままグリーンを注視した。

長い睫毛を震わせ、紅潮した顔をひくつかせて羞恥に膝が震えている。

当然だろう。純也だけではない。ふたりの男性客も翼を見ていた。

大きく股を広げている様子を翼の背後から注視している。

死にたいくらい恥ずかしいはずだ。

し、しかしエロいな。

これほど純白のショーツが似合う子は、なかなかいないだろう。

そんな清楚な雰囲気なのに、大人の女性の悩ましい色香が、むっちりした下半身に宿っている。

天使のような彼女を辱めていることに、純也は異様なほど興奮していた。

ウエストのくびれと、そこから下半身に向かうなめらかで女性的なカーブが、あまりに悩殺的だったのだ。

その上、性格もルックスも抜群——。

だめだ。

この子を誰にも渡したくない。

そんなブラックな会社に勤めてほしくなかった。

「もっとだ。もっと脚を開いて」

純也は目を血走らせて、厳しく言い放った。

「そ、そんな……」

翼が羞恥に歪んだ顔を見せたときだった。

「あっ！」

小さく悲鳴をあげて翼が脚を閉じ、胸のポッチを腕で隠した。

純也が後ろを振り返ると、いつの間にかギャラリーのように男たちが出入り口に立って、翼を見てニタニタしていたのだ。

「も、もういいだろう。そろそろ打とうか」

「はい……」

翼は力なく言って立ち上がり、パッティングの練習に移った。

普通のパターレッスンに移ると、次第にギャラリーは減っていった。

まったく、どうやって嗅ぎつけてきたのだろう。

しばらくパッティング練習をしてから、時間が来たので翼に言った。

「今日は終了にするけど……次のレッスンからはセクハラはなしでいいよね」

「……わかりました」

翼は真っ赤な顔で小さく頷き、「ありがとうございました」と、ぎこちない笑みを見せて、帰っていった。

なんだか、虚しい。

だけど股間は昂ぶったままだ。

やはり「セクハラレッスンなんてできない」と突っぱねて、普通に楽しくレッスンすればよかった。

きっともう彼女は、レッスンには来ないだろうな……。

純也はため息をついて、練習場を後にするのだった。

第三章　美人プロのセルフプレー

1

明るくなって目が覚めても、なんだかぼんやりしていた。

純也はしばらくベッドの中でまどろんでから、ようやく身を起こした。枕元に置いていたスマホを手に取る。

九時をまわっていた。いつもより二時間も遅い起床だった。

ゴルフレッスンが入ってなくて助かった。眠いままに練習場に行くのはつらい。

キッチンに行き、珈琲(コーヒー)を淹(い)れる。

濃い目の珈琲を口に含んで一息ついた。

翼ちゃん、大丈夫かなあ。

昨日のことは後悔しっぱなしであった。

〝セクハラゴルフレッスン〟なんて頼まれても、引き受けるべきではなかった。そこで断れなかったのは、間違いなく自分のスケベ心のせいである。

可愛らしかったなあ。

ゴルフウェアの似合う可憐な女子大生のパンチラ……いや、あれはもうパンモロか。昨晩も思い出して勃起したほどの鮮烈さだった。

さらに、むっちりと逞しい健康的な太ももの弾力。

細身なのに、驚くほど大きなヒップの悩殺的な感触……。

インストラクター失格だよなあ。

苦い珈琲を飲みながら、朝から大きくため息をつく。

ゴルフの楽しさを教えたい。

そう思って始めたゴルフのインストラクターなのに、あれではただの破廉恥コーチではないか。

大学時代は曲がりなりにもプロを目指していたのに、女子大生相手にセクハラして興奮してしまうなんて。

自己嫌悪を苦い珈琲で流し込み、タブレットを立ち上げてニュースを見る。

スポーツニュースのカテゴリーの中に、原英莉奈の記事があった。最近ニュースでも見なかったから、すぐにタップする。

《原英莉奈、またも予選落ち。かつてのナンバーワン美人ゴルファー、ツアー引退も見えてきた》

えっ、という見出しだ。

しかしその記事には具体的なことは何も書かれておらず、結婚してから成績が低迷、極度のスランプに陥（おちい）り、このままなら来期はシード落ちか、と書かれてあった。

要は結婚したせいだと言いたいのだ。

確かに英莉奈の成績が悪くなったのは、結婚した五年ほど前からだ。

英莉奈は純也と同じ三十歳。

女子プロゴルファーは男性と違って、三十歳前後ならもうベテランである。

ベテランで、しかも既婚者となれば、独身時代とは違う苦労もあるだろう。

だが英莉奈は、大学ゴルフ部の同期の星なのだ。

なんとか復活してほしいと願っている。

英莉奈とは結局、仲のいいゴルフ部の仲間で終わってしまった。

大学を卒業すると彼女はすぐにプロになった。デビュー当初からツアーで好成績をおさめて、美人ゴルファーとして世間の注目を集めた。

あの頃は、自分の怪我もあって英莉奈の活躍を素直によろこべなかった。

テレビや雑誌で見るたびに、「チャラチャラしやがって」と吐き捨てていた。

自分が目指していた世界にすんなり羽ばたいていった彼女へのやっかみからだ。

だがそんな思いも月日を重ねるうちに薄れていき、今となってはフラれたこともいい思い出だ。

純也は普段着に着替えて、マンションの駐車場でＳＵＶに乗り込んだ。

エンジンをかけ、シフトをＤに入れてゆっくりと発進する。

道に出ると、強い日差しがボンネットを眩しく照らしてくる。

もう本格的な夏も近いようだった。

2

そんなある日のこと。

久しぶりに英莉奈からメールがきた。

《ご無沙汰してます。元気？　今度名古屋に行くから、久しぶりに一緒にラウンドしない？》

英莉奈とは結婚式以来だから、五年ぶりになる。

来週、女子プロツアーの大会が東海地区で行われるとのことで、その予選前の指定練習日より早く前乗りしてくるらしい。

まあ、彼女の気分転換になるならと、純也はＯＫを出すと、ＯＸゴルフ場でお願い、と返事が来た。

指定されたゴルフ場で大会が行われるので、その近くにホテルを取るらしい。

四日後。

ＯＸゴルフ場にクルマで向かい、クラブハウスの更衣室で着替えてからパター練習場に行くと、すでに英莉奈がいて練習をしていた。

相変わらずキレイだな。

数年前まではテレビや雑誌などでよく見かけてはいたが、久々に会うと、昔の可愛らしさに年相応の色香が加わって、なんともいい女に成長していた。

瓜実顔（うりざねがお）にやや垂れ目がちの大きなアーモンドアイ、ひかえめな鼻と口。

身体にぴったりフィットしたポロシャツの胸はツンと上を向き、ショートパンツのヒップはかなり大きく、太ももはムチムチだ。

だが筋肉質というわけではなく、ほどよい肉づきで健康的だ。

プロスポーツ選手にしては、英莉奈は色っぽい身体つきをしていて、そのあたりも男心をくすぐるのだろう。

彼女がデビューしたばかりの頃、

《原英莉奈のセクシーパンチラ》

《胸元にナイスショット》

《アルバトロス級の迫力ボディ》

などと下世話な見出しが週刊誌を飾り、スカートの奥や、前屈みの胸元などを狙った写真が掲載されていたものである。

「あっ、純也くん」

英莉奈は背後にいた純也に気づいて、手を振りながら近づいてきた。キャップを被った後ろから、ポニーテールにした黒髪をなびかせ、ふわりと甘い匂いを漂わせる。

「久しぶりね。結婚式以来でしょう?」

英莉奈が柔らかく微笑んだ。

笑うと三日月のような愛らしい目になるのは、大学時代と変わらない。懐かしい上に、会うのも久々だから緊張してしまう。

「そうだな、五年ぶりか？　それより〝純也くん〟て、ずいぶん他人行儀だな。学生の頃みたいに純也、でいいよ」

英莉奈がクスクス笑った。

「やっぱり？　私も自分で言ってて気持ち悪いなって思ったの。それよりごめんね、こんなこと頼めるの、純也しかいなくて。実は最近スランプでさあ。昔の調子よかったときのことを忘れちゃってね。それで、純也とラウンドしたら、初心を思い出すんじゃないかって思って……」

口調は明るいが、どこか無理しているような雰囲気だ。

「別に気にするなよ。俺でよければ、何ラウンドだって付き合うよ」

「ありがと。それじゃあ、純也さん、今日はよろしくお願いします」

「こちらこそ」

わざと慇懃（いんぎん）に言い、ふたりで笑う。

準備運動を入念にしてから、一緒にカートに乗り込んだ。

ハンドルを握りながら横顔を見る。

彼女は真剣な面持ちで前を見ていた。

改めて見ても、やっぱりいいなあ、英莉奈。

大学のときから勝ち気な美人オーラを漂わせていた。

しかも美人な上に、はにかんだり眉をひそめたり、困ったような顔をしたり、大きな目で上目遣いに見つめてきたり……。

喜怒哀楽(きどあいらく)がはっきりしていて表情が豊かだから、男子に人気があったのだ。

あの頃……。

英莉奈とは冗談を言い合えるくらい仲がよかった。

ふたりともゴルフに対しては人一倍真剣だったからだろう。

そのままの関係でいればよかったのに、純也の方が気持ちを抑えられなくなってしまったのだ。

あの時、告白なんかしなければ、今もわだかまりなく友人として付き合えていたと思う。

だが、今回、英莉奈は普通にラウンドしないかと誘ってきた。

純也が告白したことなんか、記憶の中から消してしまっているのかもしれない。

引きずっていたのは、俺だけか……。

「純也って、今は名古屋でフリーのインストラクターしてるんでしょう?」

ふいに英莉奈がこちらを向いた。

ちらりと目を合わせてから、純也は前を向く。

「ああ。ゴルフが諦められなくてさ」

「そっか。あの怪我がなければ、ね……」

英莉奈がそこまで言って、バツが悪そうに口を閉じた。

「怪我なんかしなくても俺にプロは無理だったよ。メンタルがとにかく弱いんだから。でも英莉奈はすごいよ。結婚しても競技を続けてるんだもんな」

英莉奈の返答がなかった。

おやっ、と思って横を見ると、英莉奈は視線を遠くに向けて、聞こえていないふりをしている。

結婚生活のことはNGか。

成績を落としたのは結婚したからだと、言われ続けているのだろう。

「結婚ねえ……」

ふいに英莉奈が遠い目をして言った。

「ごめんごめん、余計なことだったな……」

「どうして純也が謝るのよ。いいのよ、結婚して成績が落ちたのは事実なんだし」

英莉奈の横顔を見る。

平静を装っているが、笑顔はない。

結婚を後悔してるのか？　それともそういった中傷に対して腹を立てているのか。

「ねえ、純也は？　結婚しないの？」

言われて、ちょっとムッとした。

「誰かと結婚したかったんだけどなあ」

軽く言うと、英莉奈は「だって……」と口を尖らせる。ここで蒸し返しても仕方ないと「冗談冗談」とさらりと逃げた。

今さら未練がましいところなんか、見せたくなかった。

しかし英莉奈は冗談とは受け取らなかった。

「私が結婚したの、がっかりした？」

「えっ」

驚いて、ハンドルを握りながら横を見てしまった。

英莉奈は茶目っ気たっぷりな、イタズラっぽい笑みを浮かべている。

「な、何を言ってんだよ」

急に心臓がバクバクした。

「そうよね。ウフフ」

英莉奈は楽しそうに笑って、もう結婚の話はしなくなった。


第1ホールは純也の優勢だった。

英莉奈の調整のためだ。勝敗などどうでもいいと、肩の力が抜けていたのが功を奏したらしく、ショットは右にも曲がらず好調だった。

英莉奈のポロシャツの胸の揺れ具合や、ショートパンツから見えるムチムチの生太ももを観賞して、ドキドキするほどの余裕さえあった。

一方の英莉奈は……確かにおかしかった。

スイングは悪くないのに、アプローチもパットも決まらない。

それよりも何よりも、プレーに覇気がなかった。

大学のとき、彼女のプレーは誰よりも自信に満ちあふれていた。

一緒にラウンドすると、周りが萎縮してしまうほどのオーラがあった。だが今の彼女からそのオーラは感じない。

やはりメンタルの問題か……。

英莉奈はずっと勝てなくて、自信をなくしているのだろう。おそらく一度でも勝てれば、それをきっかけに調子を取り戻すに違いない。

それならばと、純也は打つときにわずかに手元を狂わせ、3ホールに一回くらい、ティーショットやアプローチでミスショットをした。そうしないと、大差をつけて勝ってしまいそうだったからだ。

普段なら、純也は接待ゴルフでわざと負けるようなことはしない。手を抜いてプレーすると、それがバレたときに気まずくなるからだ。

しかし今日ばかりは別だ。

英莉奈には、このまま終わってほしくなかった。

そして前半ラストの9番ホール。

ティーショットを終えたときだった。純也のボールは右のラフに入ってしまって、まいったなあと首をかしげると、普段は無邪気な英莉奈が、怖いぐらいに真剣な顔で睨んできた。

「ねえ純也。本気でやって」

「何言ってるんだよ、本気だよ」

「ウソ。さっきからわざとミスしてる。私が気づかないとでも思ってるの？」

英莉奈はきっぱりと言いきった。

やはりプロゴルファーの目を欺くのは無理だったようだ。

「いや、ごめん。さすがにちょっと見かねて……少しでも英莉奈が調子を取り戻せたらと思って」

「馬鹿にしないでっ！」

英莉奈が強い口調でぴしゃりと言った。

「接待ゴルフをしてもらいたくて、純也に来てもらったんじゃないわ。大学のとき、いつも真剣勝負してたでしょう？　スランプの時でも、純也と勝負すれば調子を取り戻してた……」

英莉奈は続ける。

「だから、お願いだから真剣にやって……」

そこまで言ってから、英莉奈は真顔で提案してきた。

「ねえ、私が負けたら純也の言うことを何でもきくわ。それでどう？」

英莉奈の言葉に、純也は考えてしまった。

何でも言うことをきく、だって？

ちらりと英莉奈のゴルフウェア姿を盗み見て、喉をごくっと鳴らしてしまう。

何でも言うことをきく……。

何でも……。

「じゃあさ、俺が勝ったら、今晩だけ俺の恋人になってくれよ」

「はあ？」

英莉奈が呆れたような顔をした。

まあ、そうだろう。

いくら昔に一度フラれているからといって、人妻に言うべきことではなかった。

これでは未練たらたらじゃないか。

さすがに怒るか、と思い、「冗談だよ」と笑い飛ばそうとしたときだ。

「いいわ」

「は？」

英莉奈の顔が真っ赤に染まって、挑むような目つきになった。

「恋人でもなんでもどうぞ。私、絶対に負けないから」

冗談めかして言ったことを真剣に受け取られて、純也はかなり動揺した。

本気なのか……？

3

大学のとき、ファンクラブができるほど高嶺の花で、さらっとフラれてしまった相手である。それが今、三十歳の人妻の成熟した色香を身にまとい、さらに魅力的な女性になっている。

改めて英莉奈を見た。

キャップから伸びた黒髪をポニーテールにし、やや垂れ目がちのくっきりした目を輝かせている。

腰つきや、ショートパンツ越しの肉づきのよいプリッとしたヒップは熟れており、ムチッとした太ももと形のよいふくらはぎ、さらにはポロシャツを盛りあげる、たわわな胸のふくらみもたまらない。

「本当にいいんだな？」

念を押した。英莉奈が真剣な面持ちで頷いた。

「いいわよ。だから真剣にやって」

相手は絶不調、こちらは絶好調だ。

前半のこの調子なら負けるわけがない……。

ところがだ。

午後のラウンドになって、純也のショットが狂いはじめた。

あれほど調子のよかったパットが全然入らなくなった。アプローチもうまくいかない。

マジかよ。ウソだろう……。

またた。邪念が純也の心を乱して、スイングをわずかに狂わせているのだ。

一方、英莉奈の方は神がかりショットを連発した。

あれほど離れていたスコアが、英莉奈の猛追でどんどん縮まり、バーディを取るたびに英莉奈は会心のガッツポーズを取る。

そんなに俺の恋人になるのがいやなのかよ……。

そして最終18番ホール。

純也はティーショットをひっかけてしまい、ＯＢになった。

これが致命傷になった。

結局、英莉奈はパーであがり、こちらはダボ。

トータル一打差で英莉奈に逆転されてしまった。

「なんだよ。普通に打てるじゃないかよ」

帰りのカートの中で愚痴(ぐち)ると、英莉奈は満面の笑みを見せる。

「そうじゃないわよ。久しぶりに純也と真剣勝負をしたから、昔を思い出したんだと思う。あの頃ってあれこれ考えないで無心でプレーしてたから。それが結局いい結果につながってたんだなって」

純也はハンドルを握りながら横を見る。

英莉奈の表情が、まるで憑き物(つきもの)が落ちたかのように晴れ晴れとしていたので、純也は惜しいなあと思いつつも、内心安堵した。

「あの頃は、イケイケだったもんな。ゴルフ自体をエンジョイしてたし」

「そうね。ゴルフって楽しいものだったなって再確認した気がする。純也のおかげよ」

「それはどうも。こっちは複雑な気分だよ。昔フラれた上に、また今日もフラれた気分だ」

ふたりで笑った。

なんとなく懐かしい思いが蘇(よみがえ)る。

注目を集めた美人プロゴルファーの原英莉奈だけど、自分にとっては同期の仲間の英莉奈だ。

「この調子なら、そのうちきっと勝てるよ。ていうか、楽しんでゴルフをしてほしいな。あの頃みたいに」

真顔で言うと、英莉奈は力強く頷いた。

「うん。なんか肩の力が抜けたみたい。明後日からの予選、なんか楽しみになってきた。出場するの、あんなにいやだったのに」

英莉奈との勝負には負けてしまったが、彼女が元気になってくれてよかった。

クラブハウスに戻ったときだ。

「ホテルからここまでタクシーだって言ったよな。じゃあホテルまで送るよ」

さらりと言うと、英莉奈がちょっと思案顔をしてから切り出した。

「ねえ」

「ん？」

「晩ご飯、一緒に食べない？　恋人にはなってあげられないけど、今日のお礼に手料理くらいはつくってあげてもいいよ？」

「えっ、英莉奈が？」

「何よ、その言い方。これでも人妻なんだから。レパートリーだってちゃんとあるし」

英莉奈の手料理か。

これはかなりうれしい提案だった。胸の鼓動が高鳴った。

手料理ってことは、当たり前だが、俺の家に来るわけか……。

何をばかなことを考えている。

相手は人妻だし、思いきりフラれた相手である。お礼の手料理以外に何もあるわけがない。

だけど……いや、ないよな。万が一なんてあるわけない。

英莉奈はもうこちらのことを、友達としか思っていないのだから。

ひとりでいろんな妄想をしながら、更衣室で念入りにシャワーを浴び、着替えてロビーで待っていると着替えた英莉奈がやってきた。

おおお……。

淡いブルーのワンピースを着た英莉奈は、いつものゴルフウェア姿とは雰囲気が違って、より女らしさがにじみ出ていた。

肩までの軽くウェーブした黒髪と、わずかにメイクをしたことで、唇の艶（つや）やかさや、アーモンドアイの目力が増して、色っぽい人妻の濃密なセクシーさが漂っている。

おいおい、英莉奈ってこんなにエロかったか……。

クルマに乗れば、ミニ丈のワンピースの裾がズレあがって、こぼれた太ももがキワドいところまで見えていた。

女性って、服装やメイクで全然変わるよなあ。

健康的なゴルフウェアもいいが、こういう淑（しと）やかな格好もいい。

胸を高鳴らせながら純也はクルマを運転して、名古屋市内の自宅マンションに向かった。

4

「お邪魔しまーす」

英莉奈がパンプスを脱いで、部屋にあがってきた。

女っ気などいっさいなかったマンションの部屋が、急に甘い女の匂いに包まれる。純也は一気に緊張した。

「わりとキレイにしてるのね」

リビングに入り、英莉奈はあたりを見回してから、ダイニング用のテーブルに途中のスーパーで買った食材を置いた。

「キッチン借りていい？」

「えっ、あっ……ああ、もちろん」

狭いキッチンながら道具は一式そろっている。ただほとんど外食なので、フライパンも鍋も新品同然だった。

「ふーん。男のひとり暮らしって感じねえ」

英莉奈が真新しい鍋を見ながら、しみじみ言った。

「まあな、つくってくれる人もいないし」

「純也ってモテそうなんだけど、マイペースだからねえ。ね、お腹すいたでしょう？　すぐつくるからテレビでも見てて」

そう言って英莉奈は買ってきたビールなどを冷蔵庫に入れてから、シンクの前に立って野菜を洗いはじめた。

くうう、いいなあ。

あの英莉奈がキッチンに立って、俺のために手料理をつくってくれる。

大学時代に妄想していたことが現実になっている。

「なあに？　もうっ、気になるでしょう？　いい子だから向こうに行って、ビールでも飲んでてってば」

英莉奈の後ろに立って見ていたら、英莉奈がクスクス笑いながら注意してきた。

「でも、クルマで送っていかないといけないだろう？」

「タクシーで帰れるわよ。だって、ひとりで飲んでも美味しくないもの」

英莉奈は料理の手を止めて、冷蔵庫から缶ビールを出して手渡してくれた。

リビングのソファに座っておもしろくもないテレビを見ながら、プシュッとプルトップを開けてビールをゴクゴクと喉に流し込んでいく。

英莉奈もビールを飲むのか。酒を飲んだら帰るのが億劫（おっくう）に……なんてことにならないか？

そわそわしながら待っていると、

「お待たせぇ」

英莉奈が声をかけてきた。ソファからダイニングテーブルに移動する。

テーブルの上にサラダと湯気の立つ味噌汁があった。

それに冷や奴ときんぴらごぼうもあった。

「すごいな、こんなにいろいろ」

「ウフフ。ちゃんと主婦してるでしょう？」

英莉奈はキッチンに戻るために後ろを向いた。

ミニのワンピースの生地が薄いから、尻の丸みがうっすら浮いている。

プロのスポーツ選手らしい大きなヒップが、歩くたびに、むにゅ、むにゅ、と左右に妖しくよじれる様子を目に灼きつける。

「ねえ、いいわよ、食べてて」

英莉奈がキッチンから声をかけてきた。

「じゃあ、先にいただくよ」

箸できんぴらごぼうを取って、頬張った。

うまい。ちゃんと味が染みている。味噌汁も濃くなくてちょうどいい。

「どう？　お口に合うかしら」

英莉奈が鰤の照り焼きを持ってきた。

「ちゃんとうまいな。というか、マジでうまい」

「ちゃんとは余計でしょう？　ウフフ。でもよかった」

英莉奈が前屈みで皿を置いた。

おっ！　見えたっ。襟元が緩いから……。

ワンピースの襟ぐりから、白いブラジャーと胸のふくらみが見えたのだ。

ほんのり朱色に染まった乳肌と、白いブラのコントラストが実にエロい。

腕や太ももはわずかに日に焼けて小麦色だけど、胸元は日に焼けておらず、目に染みるほど白かった。

「私もビールをいただこうっと。ん？　どうしたの」

ぼんやりと英莉奈の胸元を見ていて、慌てて純也はビールを呷（あお）る。

英莉奈が缶ビールを開けて改めて乾杯する。

「んーっ、美味（おい）しい」

心の底からうまそうに英莉奈が唸（うな）った。

きんぴらごぼうや冷や奴をつまみに、英莉奈がごくごくと喉を鳴らす。やはり表情は明るい。

ふたりで昔話をしていると、英莉奈はすぐに顔を赤くした。

二本目を飲むと、デコルテや二の腕や露出している肌がほのかなピンクに染まってきた。目がとろんとしてきて、さらに色っぽい姿を見せてくる。

「なあに？」

英莉奈が楽しそうに言った。

「いやあ……その……なんか、ふっきれてよかったなって」

「うん。純也のおかげよ。私ね、正直に言うとイップスかと思ってたの。だから、ホントによかった」

しばらくゴルフの話をしていると、英莉奈が三本目の缶ビールを持ってきて飲みはじめた。純也も二本目をもらって飲む。

「よかったよ。お役に立てたみたいで」

さらりと言うと、英莉奈はビールをぐいと呷ってから真顔になった。

「絶対負けたくなかったから、勝負に集中してたの。それで無心になれたのかな。心のモヤモヤが、すーっと晴れた感じ」

「なんだよ、そんなに俺と恋人になるのがいやだったのか？」

「だからぁ、そういうんじゃないって」

ふたりで笑う。

英莉奈につくってもらったツマミをあらかた平らげ、ふたりでビールを持ってリビングに移動した。

ふたりがけのソファに並んで座る。

少しだけ英莉奈が距離を取ったが、ふたりの間の微妙な隙間が逆に男と女を意識してしまい、純也はドキドキした。

緊張をほぐそうと、いいワインがあるけど、と言ったら「飲みたーい」と英莉奈が言ったので、ワインを開けてグラスに注いでまた乾杯した。

英莉奈がワイングラスを空けて、二杯目をついだ。

弱いくせにピッチが速い。

いいのか、そんなに飲んでも……帰れなくなるぞ。

ますます緊張が増してきた。

「明後日、頑張るからね」

だいぶ酔った様子の英莉奈を見て、純也は笑って言う。

「そんなに酔っ払って、本当に頑張れるのか？　まあ、いいさ。それくらいリラックスしていけよ。楽しそうにしてるのが一番だぜ、英莉奈は」

励（はげ）ますと英莉奈もニッコリ笑顔だ。

「そう言ってくれるの、純也だけかもぉ」

「いやあ、そんなことないだろ。旦那さんだって……」

言ってしまってから慌てて口をつぐむ。結婚の話はＮＧだった。

案の定、英莉奈の表情が一瞬曇った。そしてワイングラスのワインを飲み干して、一息ついてから話しはじめた。

「……ねえ、酔っちゃったから言うけどぉ、聞いてくれるぅ？　こんなこと純也じゃないと話せないから」

英莉奈が目をとろんとさせながら、ちょっと不満そうに口を尖らせる。

そう言えば英莉奈は酔うと開けっぴろげになって、なんでも正直に話してしまう質だった。

ましてや、久しぶりに会う親しい男友達だ。

不満をぶつける相手としては丁度いいのだろう。

「ここだけの話、夫婦仲はあんまりうまくいってないのよねえ」

話していてそんな感じはあったから、純也にそこまでの驚きはなかった。

「へえ、どうして？」

「うん。結婚してから成績が悪くなったでしょ？　ＳＮＳで、旦那がさげちんだからだ、とか叩かれて」

ぶっ、と軽くワインを噴き出して、噎せた。

「ちょっとぉ、純也、何やってんのよ、大丈夫？」

「ああ、悪い悪い」

まさか英莉奈の口から《さげちん》なんて下品な言葉が出るとは思ってもいなかったのだ。

英莉奈が続ける。

「そのせいで、旦那とぎくしゃくしちゃってさあ……」

そこまで言って英莉奈はまた唇を尖らせ、ワイングラスをじっと見つめた。

「それでさあ……ずっとさあ……」

何だか言いにくそうにしている。

まさか、離婚とか言い出すんじゃないだろうな。

英莉奈は顔を真っ赤にして、ミニ丈のワンピースの身体をもじもじさせた。

「もうね、酔っちゃったから言うけど、ずっとセックスレスでさあ……それも成績に影響してるのかなあって」

「……へええ」

平然と聞き流すフリをしながら、心の中では心臓が爆音を立てた。

マジかっ⁉　英莉奈は旦那とセックスしてないのか⁉　……それにしても、なんでこんなキワドい話をしてくるんだよ。

「ま、まあ……結婚して五年も経てば、そういうこともあるんじゃないか？」

なだめるように言うと、英莉奈が、とろーんとした目を向けてくる。

吐く息が酒臭い。もうかなり酔っ払っている。

「なによお。たった五年よ。私まだ三十だもん。それで私の身体に飽きるって、おかしくない？」

英莉奈が頬をふくらませて、からんできた。

座ったまま身体をこちらに向けてきたので、ミニ丈のワンピースの裾がさらにズレあがる。ぬめ光る肌色のパンティストッキングに包まれたムチムチの太ももが、付け根あたりまで見えてしまっている。

「き、きっと英莉奈が練習で疲れてるだろうから、旦那さんの方も気をつかってガマンしてんじゃないか」

英莉奈は口を尖らせて可愛らしく拗ねた顔をした。

「そんな人じゃないもん」

すぐに否定する。

酔いと不満が綯い交ぜになった英莉奈は、どうにかしたくなるほど魅力的だった。

まずい、まずいぞ。英莉奈はプロゴルファーだ。

手を出したら大変なことになると、自分に言いきかせていたときだ。

英莉奈が「はあっ」と大きく息をついてから、さらに不満をこぼしはじめた。

「だからさあ……地方の大会とかに行くとさあ……眠れないから、いつもひとりで自分を慰めたりしてさあ……」

5

純也は耳を疑った。

地方の大会のとき、ひ、ひとりで慰めたり、って……。言ったよな。確かに言ったよな。

英莉奈が、ツアー中にオナニーをしているなんて……。

まさかそんな告白を、英莉奈がしてくるなんて……これはもうかなり泥酔している。昔から酔うとぶっちゃけキャラだったけど……。

純也は唖然としたが、冗談めかしてツッコミを入れる。

「おいおい……俺だからって、すごいこと言うなあ。まさかそういうオモチャを今回の大会にも持ってきてんじゃないだろうな、あははは」

そんなわけないでしょっ！　と返されると思っていた。

ところがだ。

英莉奈が急にうつむいて、カアッと顔を赤らめたのだ。

酔いにまかせて、ぶっちゃけ過ぎたと、急に恥ずかしくなったのか……。

しかも、リビングに運び込んだ英莉奈のゴルフバッグに、一瞬だけ英莉奈が視線を向けたことに気づいてしまった。

ま、まさか……冗談のつもりだったけど、ホントに持ってきてるのか、大人のオモチャを……。

英莉奈がオモチャで自分の身体を慰めているところを想像して、いよいよ股間が痛いほど硬くなってきた。

「おいおい、冗談だってば……」

フォローしたものの、英莉奈は赤くなったまま顔を横に振った。

「だって……だって……寂しいんだもん」

恥ずかしさのあまり、英莉奈が両手で顔を隠して、もじもじしはじめた。

アスリートはアドレナリンの分泌（ぶんぴつ）がすごいのだ。試合が終わったあとも興奮して眠れなくなることも多々ある。

待てよ……ということは……。

純也は英莉奈を見つめる。

赤らめた顔を隠して、くねくねと身をよじらせている。

これはお酒のせいばかりではない。

先ほどまでゴルフの真剣勝負をしていたのだから、英莉奈は今もまだ興奮状態に違いない。きっと身体の火照(ほて)りを鎮(しず)めたいと思っているはずだ。

英莉奈のオナニー……。

見たくてたまらなかった。

英莉奈に手を出すのはまずいが、オナニーを見るだけならＯＫではないか？

「も、もしかして、今日もひとりでシタくなっているんじゃないのか？」

思わず意地悪な言葉が口を衝(つ)いて出た。

英莉奈の身体が、びくんっ、と大きく跳ね、その反応をごまかそうと小さく首を横に振ってイヤイヤを繰り返す。

この反応……発散したいのだ。余りある性欲を、俺の前でも……。

純也はごくりと唾を呑み込んだ。

その音がやけに自分の中で、大きく聞こえた。

唾を呑み込んでも喉はからからだった。

「いいよ、英莉奈……ここで……いつもしてるみたいに、慰めてみせてくれないか？」

英莉奈がまたもや、びくんっ、と反応する。身体をくねらせ、ワンピースの前裾を引っ張って太ももを隠そうとしている。

「な、何を言ってるのよ」

「いや、本気だよ。シタくなってるんだろう？」

「そ、そんなこと……」

英莉奈は顔を赤くして、何度も首を横に振る。

だが、ときおり濡れた目を向けてくる。

恥じらいながらも、英莉奈は興奮しているのだ。

旦那以外の男、しかも気を許した同級生に自分の恥ずかしい姿を見せたら、どんな風になるのかを想像して、昂ぶっているのかもしれない。

「早く」

「い、いやっ……恥ずかしいよ」

恥じらう言葉を口にしつつも、英莉奈は腰をもじつかせている。

その姿にますます興奮してきた純也は、英莉奈に身を寄せた。

「ホントは見せたいんだろ。俺も……英莉奈が、してるとこ……見てみたい……」

煽ると、彼女はこちらをじっと見たあとに、小さくため息をついた。

「本気なの……⁉」

しばらく逡巡（しゅんじゅん）していた英莉奈だが、やがてゴルフバッグのそばに座り込み、中身を探りはじめた。

や、やるのか……本気で俺の前で、大人のオモチャを使って、オナニーを……。

部屋の中の空気が一変した気がした。

息を呑んで見ていると、英莉奈が小型の電動マッサージ器を取り出した。ヘッド部分が円形に盛りあがり、持つところが細くなっている。小さめのサイズだから持ち運びしやすいし、万が一、誰かに見つかっても、マッサージ器だとごまかせる。

英莉奈はそれを後ろ手に隠し持つと、可哀想なくらいに真っ赤な顔をして、うつむいている。

酔いと寂しさで、性的な欲求も高まっているのか。

やるのか……俺の目の前で、オナニーをしてくれるのか……？

いや、待て。

どうせだったら、《美人プロゴルファー原英莉奈》のひとりエッチを見てみたい。自分もスケベだなあと自覚しながら、英莉奈にささやいた。

「なあ、英莉奈……せっかくだから……」

純也のお願いに、さすがの英莉奈も目を凍りつかせた。

「やだっ……信じられない。そんなこと……」

「だって、ワンピースが汚れたら困るだろう？」

耳元でささやくと、英莉奈はついに折れて、バッグの中から昼間着ていたウェアを取り出してリビングから出て行った。

6

「……ねえ、純也……、これで、いいの？」

英莉奈が戻ってきた。

おおおおっ。

着替えてきた英莉奈を目にして、純也は胸奥で雄叫びをあげる。

ラウンド中に着ていたポロシャツとショートパンツ姿である。

どうせだったら、ゴルフウェアを身につけた英莉奈に、電マのオナニーを披露してもらいたかったのだ。

昼間散々見たというのに、こうして部屋の中で改めてゴルフウェア姿の英莉奈を見ると、異様な興奮に包まれる。

「やだもう……汗かいたし、洗おうと思ってたのに……こんな格好で、私に恥ずかしいことをさせるなんて……」

英莉奈がリビングの手前に立ってもじもじしている。

何を言われようと、ゴルフウェアの原英莉奈にオナニーをさせるのは、純也だけでなく、日本中のオジサンゴルファーたちの夢である。

純也はニヤニヤしながら言った。

「だって……いつかその姿で、英莉奈にエッチなことさせてみたかったから……」

「もうっ……勝負に勝ったのに、これじゃ負けたみたいじゃないっ」

「でも、俺のおかげで、ふっきれたんだろう？」

「そうだけど……純也がこんなにエッチだなんて知らなかった。ああんっ、どうしよう……これって勝負服なのに……ッ」

英莉奈がポロシャツをつまんで、またため息をついた。

しかし、自慰行為のことを口にしたのは英莉奈の方からだ。日々の満たされない欲求が招いたこの状況に、英莉奈は諦めたようだった。

「どうすればいいのよ」

「いつもやってるように、してみせて……」

英莉奈がソファの端に座った。

これでもしかすると、疎遠になってしまうかもしれない。

それでも見たかった。

英莉奈はしばらくじっとしていたが、やがて諦めたように、おずおずと両脚を開きはじめた。

おおっ……。

純也はそっと、英莉奈の正面にまわり込む。

ショートパンツで大きく脚を開いているから、卑猥なそけい部が丸見えになる。

純也は身を乗り出した。

「ああん、もう……ばかっ、ばか純也っ！」

恥じらいながらも、英莉奈が電マのスイッチを入れる。

ブーンという振動音がして、電マのヘッド部分が細かく震えた。英莉奈は横を向いたまま、電マの先をポロシャツ越しの胸に当てていく。

「うっ……」

それだけで英莉奈は震え、羞恥の色で美貌を染めあげた。

さらに電マの先がゆっくりと乳房のふくらみのまわり……ブラジャーのカップの近くをなぞっていく。

「んう……」

英莉奈がわずかに声を漏らす。

目をギュッと閉じて羞恥をこらえながらも、電マで円を描くように胸を刺激していくのだ。

す、すごいな……。

振動する電マがブラのカップの隆起をなぞるように動いていく。

そして、裾野からおっぱいの頂点に向かって、ヘッド部分を這いあがらせていくと、

「……ンッ！」

英莉奈はビクッと震えて、せつない声を漏らした。

ヘッドの振動がポロシャツとブラの下に隠れている乳首にも届いたらしい。

くうう、す、すごい……。

あまりに艶めかしい英莉奈の姿に、純也の下半身は疼きっぱなしだ。

英莉奈は声を出してしまったことを恥じ入るように唇を嚙みしめ、少し躊躇してから電マのヘッドを下腹部へと下ろしていく。

ブーンと低い音で振動する電マが、今度はM字に割り広げた英莉奈のショートパンツの股間に近づき、ちょんと触れると、

「んっ……」

たったそれだけで英莉奈は腰と脚を震わせ、息を弾ませはじめる。

感じているのだ。

感じているのに、英莉奈はそれをこらえている。

「も、もっと、もっと続けてくれよ」

純也が懇願すると、英莉奈はイヤイヤと首を横に振りながらも、電マを股間に押し当て、ゆっくりとなぞっていく。

「あっ……あっ……」

英莉奈がうわずった声をあげ、いよいよせつなそうに顔を歪ませる。

いやなのに……恥ずかしいのに……。

そんなつらそうな目をしながら、英莉奈は電マを自分の股間に当てている。そのうちに英莉奈の息があがってきた。

次第に周囲を気にする様子がなくなり、まるで自分の世界に没入するように、ゆっくりと股間を電マでなぞりはじめたのだ。

「あ……あ……」

英莉奈の口が半開きになり、ショートパンツのフロント部分に当てている時間が長くなっていく。

そのときだった。

「あン！」

いきなり英莉奈が甲高い声をあげて、ソファの上でのけぞった。

おそらく電マが、ショートパンツとショーツの中のスイートスポット、つまりクリトリスをとらえたのではないだろうか。

「あっ……あっ……だ、だめっ……」

イヤイヤと首を横に振りながらも、英莉奈は電マをくりくりと、まわすように中心部を圧迫していく。すると、

「あっ……あはあんっ……はああっ……」

英莉奈は眉をひそめて泣きそうな顔をし、聞いたこともないような甘ったるいヨガり声を漏らしはじめた。

間違いない。英莉奈は本気で感じている。

ゴルフウェアのまま両脚をM字に広げ、恥ずかしいオナニー姿を純也にお披露目しているというのに、その美貌には喜悦(きえつ)が浮かんでいる。

「ああっ……はああん……」

英莉奈はときおり顎をあげ、いいところに当たると両目をギュッとつむり、何かをこらえるような表情をする。

昂ぶってきたのだろう。

最初は恥ずかしそうにしていたのに、次第に電マの動きが大胆になっていく。

「ああ……あああん……ああっ……ああ……」

電マの動きが激しくなると、それに呼応して英莉奈の甲高い喘(あえ)ぎ声も大きくなっていき、整った顔が淫(みだ)らに歪んでいく。

さらには開いていた脚をぐっと閉じて、電マを挟み込むように太ももをにじり合わせて、まるでおしっこをガマンしているような体勢でもがいている。

もう純也の股間はズキズキしっぱなしだ。

このまま英莉奈をおかずにしながら、こっちも自慰に耽りたいくらい純也も昂ぶっていた。

「いやらしいよ、英莉奈」

たまらず煽ると、英莉奈はとろんとした目でこちらを見て、

「い、言わないでっ……いやあん……あっ……あっ……」

としゃべっている途中にもこらえきれない甘い声を漏らし、ますます大胆にショートパンツの中心部に電マをグリグリとこすりつけていく。

そしてクリトリスに再び当てると、

「はああん……ああん……！　あんっ、だ、だめぇぇ……やっ、見ないでぇ……ああぁ……」

ついに英莉奈はこらえきれないとばかりに、すがるような目を向けてきた。

「……イキそうなのか？」

純也の言葉に、英莉奈は真っ赤な顔のまま小さく二度頷いた。

英莉奈がオナニーを披露して、目の前でアクメしそうになっている。

そんな光景に純也は昂ぶった。昂ぶって、もっといじめたくなってしまう。

「まだだ。まだだめだ」

純也の否定する言葉を聞いた英莉奈は、大きく目を見開いた。

「そんなっ……だって……」

「だめだって。勝手にイッちゃだめだ」

こられきれなかった。

純也は立ち上がり、ソファで腰をひくつかせるゴルフウェア姿の英莉奈に近づくと、電マを奪い取って英莉奈の股間を押し広げた。

「やだっ！　やめてっ！　そんな風にしないでっ、ああんっ……だめっ……恥ずかしいっ……はうううんっ」

ブーンと音を立てる電マを中心部に押しつけるやいなや、英莉奈が身をよじって歓喜の声を上げる。

さらにワレ目の上部にあるスイートスポットに、バイブする電マの角を押しつけたときだ。

「だめぇ！　イッ、イッちゃううう……えっ？　あぁぁ……！」

英莉奈が目をめいっぱい見開いてこちらを見た。

のぼりつめようとするギリギリのタイミングで、純也が電マのヘッドを英莉奈の股間から離したからだった。

「ど、どうして?」

英莉奈は信じられないと、呆然とした顔でこちらを見つめ、ハアハアと息を弾ませている。

ゴルフウェアから漂う汗の甘酸っぱい匂いと、股間から発する生々しい発情の匂いが、純也の理性を奪っていく。

「どうして、あと少しで……イキそうだったのに……」

「勝手にイッちゃ、だめだって言っただろ」

もう人妻だろうが人気プロゴルファーだろうが、関係ない。

純也は本能的に英莉奈をソファに押し倒していた。

7

ソファで横になったまま顔を近づけると、英莉奈の方から唇を重ねてきた。

「んううんっ……」

悩ましい鼻息を漏らしながら、英莉奈は手を下ろしてきて、ズボン越しにいきり勃つものをおずおずと撫でさすってくる。

えっ……！

キスだけでなく、英莉奈の方から男の股間をまさぐってきたことに驚く。

ただし優しく触ってくるだけで、しごくようなことはしない。人妻なのに、恥じらいや男に慣れていない様子が伝わってきて、かえって純也の気持ちは昂ぶった。

唇を押しつけていくと、彼女の閉じていた唇が開いた。

濡れた舌を口の中に滑り込ませると、英莉奈も舌をからませてくる。

「んんっ、んんうっ……」

英莉奈はくぐもった声を漏らし、ギュッと目を閉じている。

さらさらの前髪が純也の顔をくすぐってきて、アルコールを含んだ英莉奈の甘い呼気が流れ込んできた。

ああ、英莉奈とキスしてるっ……。

柔らかな唇と、生き物のようにうごめく濡れた舌の感触。唾も甘くて、こうしてベロチューをしているだけで脳内がとろけそうだ。

おそらく、かなり欲求不満だったのだろう。

その溜まりに溜まっていたものを公開オナニーでさらにふくらませ、しかも破裂するギリギリで止められてしまったのだ。

燃えるに決まっている。

そしてそんなエロい仕草を見せつけられたら、こっちだってガマンできるわけがなかった。

「ううん……んぅぅ……」

英莉奈はさらに官能的な悩ましい鼻息を漏らし、たまらないとばかりに、しがみついてくる。

純也も夢中になって英莉奈のポロシャツ越しの胸や、ショートパンツ越しの尻の丸みを撫でまわす。

ああ……思ってたよりも柔らかい……。

鍛えられているのは確かだが、三十路(みそじ)を迎えた人妻のしなやかな肉の感触もある。やはりいやらしい身体だった。

さらに純也は顔の角度を変えつつ、右手で英莉奈のポロシャツの上から胸のふくらみをギュッとつかんだ。

「んんんっ……」

英莉奈は唇を奪われたまま、顔をのけぞらせる。

そしてこらえきれないとばかりにキスをほどいて、とろんとした目で見つめてくる。

「ああん……純也のいじわる……」

媚びながら、英莉奈は上目遣いに濡れた目を向けてきた。

「ひどいよ……あんな恥ずかしいことさせといて……イキそうになったら止めるなんて……私から求めるように仕向けたんでしょ」

「そんなつもりは……うっ！」

言い訳をする前に、英莉奈の唇に遮られた。

「ううんっ……んふぅんうん……」

今度のキスはさらに激しかった。

英莉奈の方から舌をからめてきて、純也の舌をじゅるっと音を立てて吸い立ててくる。

くうう、たまらないよ……。

キスをほどき、改めて英莉奈を見た。

やや垂れ目がちの大きなアーモンドアイが潤みきっている。

セクシーなゴルフウェアに包まれた肉体が、もっと触ってほしいと、じれったそうに震えている。腰もくねくねと動きはじめた。

欲しがっている……もう遠慮はいらなかった。

純也は英莉奈のポロシャツをたくしあげ、ブラジャーを露わにする。

白いスポーツブラに包まれたおっぱいは、想像以上にたわわで、白い谷間が汗でぬめ光っていた。

純也はブラに包まれた乳房を、すくうように揉みしだいた。

ああ、これが英莉奈のおっぱいの感触か……。

手のひらにすっぽり収まるようなサイズながら、柔らかい乳房のたわみがブラジャー越しでも指先に伝わってくる。

ついに俺は英莉奈と……。

この状況に猛烈に興奮してきて、胸をまさぐりながら英莉奈の首筋に窄めた唇を押しつけ、そのまま胸の谷間にキスを下ろしていく。

たったそれだけで、

「んっ……んっ……」

英莉奈は、びくんっ、と肩を震わせ、かすかな喘ぎ声を漏らす。

もっと感じさせたいと、純也は英莉奈のスポーツブラをつかんで、ぐいとまくりあげた。

ひかえめな大きさの乳輪と、思ったよりも小さな乳首が露わになる。

おおっ！　これが英莉奈のおっぱいか！

英莉奈の生乳（なまちち）に感動して、純也の鼻息が荒くなる。

トップがツンと尖った美乳もそうだが、乳首の色が薄ピンクだ。

三十路の人妻で、乳首がこれほど清らかだということは、やはり経験が少ないのではないか。

「キレイだ」

じっと見おろして言うと、英莉奈は顔を赤らめ、両手を交差させて乳房のトップを隠してしまう。

「隠さないで、じっくり見せてくれよ……」

純也が手をつかんで非難すると、英莉奈がイヤイヤと首を横に振る。

「……だって、恥ずかしいんだもん……だって純也だよ。純也におっぱいを見られてるなんて……」

口を尖らせて英莉奈は恥じらった。

くうう。

可愛いじゃないかよ。

アスリートの凜とした表情もいいが、ふたりっきりのときに見せる恥じらいの表情もたまらない。

「俺に見られるのが、そんなに恥ずかしいのか？　だったら、もっと恥ずかしいことしてやるよ」

興奮した純也は、英莉奈の両手首をつかみ、ソファに組み敷いたまま両手をひとくくりの状態でバンザイさせて押さえつけた。

「あん……何するのっ。い、いやっ！」

乳房を露わにされた英莉奈が、恥じらいの声を漏らして顔をそむける。

その人妻らしからぬ初々しさに見とれながら、たわわな胸のふくらみにチュッとキスをすると、

「あんっ……！」

英莉奈が、びくっとして顔をのけぞらせる。

「こんなに感じるくせに。もっとしてほしいんだろ？」

片手で英莉奈の両手を押さえつけながら、空いた方の手で胸のふくらみを揉みしだき、さらに顔を寄せてトップを軽く頰張った。

「うくっ……！」

ちょっと吸っただけで英莉奈は背中をのけぞらせた。

さらに舌を伸ばして、薄ピンクの乳首を下から上へと舐めあげると、

「ぁあ……はぁ……ああんっ……」

英莉奈が感じた声を漏らしはじめる。

「いやじゃないんだろ？」

言いながら、さらに強くおっぱいを揉む。

指が柔らかく乳肉に沈み込みながら弾き返してくる。乳肉の柔らかさに陶然(とうぜん)となりながら、舌を伸ばしてさらに舐めると、

「んっ……んんんっ……はああん……」

英莉奈は喜悦を嚙みしめるように目を閉じ、眉間に深い縦ジワを刻む。乳首はみるみるうちに硬くシコり、円柱のようにせり出してくる。

「乳首が硬くなってきた。気持ちいいんだな」

恥ずかしがるかと思ったが、英莉奈は今にも泣き出しそうな顔で、コクンと小

さく頷いた。

もっともっと感じさせたいと、硬くなった股間をぐいぐいとショートパンツ越しの恥ずかしい部分に押しつけながら、乳首を指で転がしてさらに舐める。

すると、

「ああんっ……」

英莉奈は顔を何度ものけぞらせる。

喘ぎはますます甘くなっていく。

それにしても、なんてエロい身体をしてるんだ。

改めて純也は英莉奈のスタイルのよさに驚いた。

腹筋は割れていて、腰はキュッとくびれている。

すらりとした美脚がセクシーだとネット上で評判になっていたが、本当にキレイな脚だった。

もう全身を隅々(すみずみ)まで舐め尽くしたいくらい、いい身体だ。

そのくせ三十路の人妻らしい柔(やわ)らかさもあって、男が喜ぶ身体をしているじゃないかと感動する。

首筋や腋(わき)や腹に唇を這わせ、さらにピンピンに尖った乳首をキュッとつまんだときだ。

びくんっ、と英莉奈が震えて、

「あっ……はうう……ゆ、許してっ……」

と仄白い喉元をさらして、もうガマンできないとばかりに悶えてきた。

見ればショートパンツの下半身が妖しげにくねっている。

許して、というのはそこが疼いている証拠だ。

いったん乳首への愛撫をやめて、自分の唾液まみれになった英莉奈の乳房を見おろす。

いやらしく唾液で光る乳首。

これはもう俺のものだ。

あの英莉奈を……ゴルフ場で誰よりも美しいスイングをして、ギャラリーの視線を一身に浴びている英莉奈を、俺は今、この手で抱いている。

しかも人妻だ。いやらしい人妻だ。

いいんだ。旦那がかまってあげないのが悪いんだ。

そう言い聞かせながら、もう片方の乳房も吸い、ヨダレまみれにして自分の唾の匂いのする乳首を指であやす。

するると、

「あ、あぅぅ……ううん……」

ポロシャツをめくられた裸身をよじりたて、ショートパンツの股間を純也の硬くなったアイアンにこすりつけてくる。

おお……なんてエロいことをしてくるんだよ……。

驚いて英莉奈を見る。

彼女はハッとしたような顔をして目をそらす。

感じまくっているじゃないか。

純也は前傾して、英莉奈の赤くなった耳に唇を寄せる。

「……もう欲しいんだろ。俺のアイアンが」

わざと恥ずかしいゴルフ下ネタを言うと、英莉奈はさらに顔を紅潮させて、

「やだもう……」

と、蔑みを含んだ困惑の表情を見せてくる。

だけどそんな表情をされると、男としてはもっと辱めたくなるものだ。

純也は両手をバンザイさせたままの英莉奈の腋に顔を近づけて、ポロシャツの裾から見える白い腋窩にキスを浴びせていく。

8

「やっ！」

クラブハウスでシャワーを浴びたとはいえ、ゴルフウェアは汗を吸っている。腋窩に当たる部分から、ほのかに甘酸っぱさが匂う。純也は英莉奈のポロシャツの腋の部分に鼻先をこすりつけて、さらに舌を走らせた。

「ちょっと……あんっ……やめてっ……そ、そこは……」

英莉奈は激しく顔を振りたくる。

身のよじり方も本気だ。

しかし何度も腋の下を丹念に舐めるうち、少しずつ英莉奈の抵抗が弱くなり、ついには、

「ああっ……はあああッ……」

と、目の下をねっとり赤らめながらも艶めかしい喘ぎを響かせはじめた。

純也は唇を腋窩から腕に、そしてまた乳房へと這わせていく。同時に指をゆっくりと脇腹からウエストに、さらに尻へと滑らせていった。

「あっ！　ああンっ……」

英莉奈がくすぐったそうに身をよじった。

引きしまった身体だが、やはり感じやすく開発されている。

アスリートとして鍛えられてはいるが、女らしく熟れてもいて、男としては楽しみがいのある肉体だった。

「だめなの……鍛えても脇腹の肉が取れないの……」

脇腹を撫でさすると、英莉奈が言い訳がましく言った。

おそらく気にしている部分なのだろう。

「そんなことないよ。充分トレーニングしてるだろ。夜の19番ホールまで続けられるくらいに」

また下ネタを言うと、英莉奈はクスクス笑った。

「またエッチなこと言うんだから……でも純也も大学時代とそんなに変わらないね。ちゃんと鍛えてるみたい。これならまだ夜のハーフラウンド、ううん、18ホールくらい頑張れそう」

英莉奈も淫らな下ネタに乗ってきたので驚いた。

「いや、18は無理だろ……」

顔を歪めて言うと、英莉奈はセクシーに口角をあげる。

「見せてよ、純也のも」

「えっ、あ、ああ……」

英莉奈の身体に夢中になりすぎて、服を脱ぐのを忘れていた。

純也は愛撫を中断して着ていたシャツを脱ぎ、少し躊躇してからズボンとパンツを一気に下ろして、生まれたままの姿になる。

英莉奈がちらりといきり勃ったモノを見て、目をそらして言う。

「私で……そんなにおっきく……」

「ああ、18ホールは無理だけど、ハーフはいけそうだろ？　びしょびしょに濡れた穴は入れやすいから……いてっ」

英莉奈が腕を叩いてきた。

「もう……純也がそんなスケベだなんて知らなかったわ」

「スケベにもなるさ。英莉奈とこんな風になるなんて夢みたいだ……なあ、さっきの電マで濡れたんだろ」

「知らないっ」

英莉奈は怒った様子を見せる。でも瞳は濡れていた。

純也はいよいよ英莉奈のベルトを外し、ショートパンツとスポーティなショーツを脱がせていく。

濃い繁みの奥に恥ずかしいワレ目が見えた。

そのスリットは予想通りに濡れていた。ムンムンとした淫らな熱気の中に、透明な蜜があふれていたのだ。

「ほらやっぱり。深いラフの奥はぐっしょりじゃないか……」

口にしたとたんに、英莉奈が血相変えて両手で股間を隠してきた。

「いやっ」

英莉奈は瞳を凍りつかせて抗いを口にする。

恥じらえば恥じらうほど、もっといじめてしまいたくなる。

純也は英莉奈の抗いをよそに強引に太ももをつかんで、大きく割り広げた。

「ああんっ……」

英莉奈はか細い声を漏らして顔をそむける。

その仕草を見ながら、純也は英莉奈の陰部に視線を移す。

深いラフのような繁みがあって、その下に淡いピンクの淫唇が、ふっくらと鎮座している。

薄く開いたスリットの内部には、薄桃色の粘膜が濡れ光っていた。

これが英莉奈のおまんこか……。

全体が透明な蜜でコーティングされたようにぬめっていた。立ち込める磯のような匂いは濃厚で鼻先にきつく漂ってくる。

純也はそっと指を当てる。

すると、ムンムンと漂ってくる淫らな熱気が指にからみついてきた。

「電マだろ？　電マでこんなに濡らして……スケベな……ンッ⁉」

煽り立てている途中で、英莉奈に顔を引き寄せられて、キスで口を塞がれた。

もういじめないで、とばかりにねっとりしたディープキスで、舌をからめとられた。

くちゅ、くちゅ、と音をたてるほど激しいキス。

純也もそれに応えて、舌を淫らに動かして英莉奈の口内を味わいながら、ワレ目を指でなぞった。

「あぁンッ……」

淫唇を指で愛撫しただけで、英莉奈はキスもできなくなって、ほっそりした顎を跳ねあげる。

やはり感じやすいな。

その様子を見ながら、純也は花びらを丁寧に指で剝き、内部の湿地をなぞっていく。

「あっ……あっ……」

英莉奈がうわずった声を漏らして、ハアハアと息を弾ませはじめる。

指を動かすとそれに呼応して腰をくねらせて、目をギュッと閉じてきた。

まるで純也の指の動きに神経を集中させて、全ての快感を味わいたいと思っているかのようだ。

ならば味わってもらおうじゃないか。

指で熱い縦溝をまさぐりながら、膣穴に指をぬぷりと差し入れる。

「あっ……！」

英莉奈が甲高い声を漏らし、全身をのけぞらせる。指を奥まで入れると英莉奈はのけぞったまま息をつめた。

こ、これはすごいな……。

英莉奈の膣内は指がとけそうなほど熱くぬかるんでいた。

指を抜くと、英莉奈は脱力してハアハアと息を喘がせる。

愛らしい美貌は紅潮しきっており、乱れた黒髪が頰に張りつくほど汗まみれだ。

悶える顔をもっと見たいと、純也は顔にかかった髪を直し、また指で深く膣内をえぐっていく。

「……！」

見られて恥ずかしいはずなのに、指を入れられた英莉奈はこらえきれず、口惜しそうな顔をする。

口惜しいのに、もっと触ってほしい。

そんな風に腰をくねらせているのがなんとも淫らだ。

もう挿入したかった。

だけど、英莉奈をもっと追いつめたい。

再び指を抜き、純也は英莉奈の脚をさらに大きく広げて、その付け根に顔を近づけていく。

うわっ……。

肉ビラは先ほどよりももっと広がり、中のオツユがしたたり落ちるほどぐっしょり濡れていた。

興奮しながら、そっと舌を亀裂に触れさせる。

「んっ……！」

英莉奈は鋭く反応し、小刻みに全身を震わせた。

さらに舐めようとすると、

「だ、だめっ……」

恥ずかしいのだろう。

英莉奈は上体を起こし、真っ赤な顔を向けて脚を閉じようとする。

そうはさせまいと、純也は英莉奈の脚の間に潜り込んだ。

そして、ほのかな性臭を感じながら、赤い粘膜に舌を走らせると、

「あんっ……！　あっ……あっ……」

英莉奈は今までにない甘ったるい声を漏らして、のけぞった。

すごい反応じゃないか。

舐めながら見れば、英莉奈は顔を真っ赤にし、左手の甲で口を押さえているものの、その表情はもうAV女優さながらの乱れっぷりだ。

英莉奈があんなエロい顔をするなんて……！

さらにねろねろと狭間(はざま)を舐める。

純也の舌は包皮に包まれたクリトリスをとらえた。

舌先で剝きあげ、ピンクの小さなスイートスポットをつつく。

すると、

「あああぅ！」

英莉奈がひときわ激しく喘いで、目を見開いたまま表情を引きつらせた。

ああ、やはりクリトリスが感じるんだ……。

ここが勝負どころだと、さらに舌を横揺れさせると、

「んんっ！　あぁぁっ……だ、だめっ……！」

英莉奈の腰がガクガク震えだす。

舐めつつ目線をあげれば、見事な丸みの乳房の狭間に、英莉奈が仄白い喉元をさらしているのがはっきり見えた。

いいぞ。もっといじめてやる。

続けざまに、純也は尖ってきたクリトリスを口に含み、チュッと吸い立てた。

「くぅぅぅ！　だ、だめっ……ホントにだめっ……あ、あっ、あぅぅ」

英莉奈はもう泣き出しそうに顔を歪めていた。

まるで拷問（ごうもん）でも受けているかのようだ。

もう許してくださいと、心の声が聞こえてきそうなほど、かなり追いつめられ

ているのがわかる。

再び肉芽を口に含み、舌で弾いたときだ。

「うぁああ……あああ……」

英莉奈はソファの背をかきむしるように指先を曲げ、もう壊れてしまうと言わんばかりに美貌をくしゃくしゃに歪ませる。

もっとだ。

もっと乱れてほしい。

純也は夢中になって小さな豆を舐め、さらには肉ビラを口に含んで舐めしゃぶり、シミ出す愛液をすすり飲む。

それを続けていると、いよいよ英莉奈の様子が切実になってきた。

瞳をとろけさせ、媚（こ）びた表情を見せつけてくる。

「ねえ……ねえ……」

せがむように言う英莉奈が可愛らしかった。

「この穴（カップ）に、俺のボールじゃなくてアイアンを入れてほしいんだろ」

純也がニヤリと笑う。

ついに英莉奈は下ネタに反応することもなくなり、ただ泣き顔で小さくコクンと頷くのだった。

9

ついに英莉奈とひとつになる——。

大学時代のマドンナと……。

美人と評判の人気プロゴルファーの原英莉奈と……。

人の妻になったことで、諦めていた高嶺の花を、俺のものにする……！

全身が震えた。

息苦しさが増して、心臓がドクドクと脈を打つ。

純也はムッチリした英莉奈の太ももをすくいあげて、正常位でいきり勃つものを濡れそぼる英莉奈の部分に押し当てた。

「い、いくぞ……」

純也が言うと、英莉奈は目をつむったまま小さく二度頷いた。

少しつらそうにしているのは、やはり後ろめたさがあるのだろう。

だが……あの英莉奈が、どの大会にも電マを持ち歩き、夜な夜な自分を慰めているなんて、寂しすぎるじゃないか。

今はいいんだ。

今だけは……。

純也がぐっしょり濡れた花園に、はち切れんばかりの肉竿の先をくっつけると英莉奈は恥ずかしそうに赤らめた顔をそむけた。

そのまま先端を膣穴にこじ入れると、狭い穴がプツッとほつれる感触がして、あとはぬるりと嵌まり込んでいく。

「ぁあああう……！」

英莉奈が顎を突き上げる。

ああ、英莉奈とひとつになれた！

英莉奈の穴に直接カップインしたのだ……！

「くっ……」

感動とともに、締めつけの気持ちよさが襲ってきた。

英莉奈の膣内はマグマが煮えたぎっているのかと思うほど熱く、しかも肉襞がからみついてくる。

きついにもかかわらず、純也は腰を前に送り出し、英莉奈の中に根元まで突き入れてしまった。

「ああ……っ！」

深々とえぐられて、英莉奈が大声をあげた。

歓喜の叫びだと思った。

だが英莉奈は不安げに顔を歪めて涙を浮かべ、こちらを見あげてくる。

「ど、どうした？」

「だ、だめっ……」

「えっ？」

何がだめなのか。

まさかこの期に及んで、やっぱりできない、とでも言い出すのかと不安になったが、英莉奈が媚びた目を向けてきた。

「だめっ……こんなの……純也のおっき……み、乱れちゃいそう……ああンッ」

英莉奈が恥じらい、目を伏せる。

くうう……なんて可愛いんだよ。

「み、乱れていいよっ。英莉奈っ……」

たまらず名前を呼んで、グッと前傾になると、

「ああっ、だめっ……あんっ……大きいっ……ああんっ」

英莉奈は背中をのけぞらせ、純也の腰にしがみついてくる。

膣の粘膜が純也のアイアンを締めつけてくる。

結合部を見れば、自分のイチモツが英莉奈の中に突き刺さっている。

そして英莉奈は悶えている。

間違いない。自分が英莉奈を感じさせている。

夢のようだった。

だが、それに浸っている場合ではなかった。

じっとしているだけでも、気持ちよくて射精してしまいそうだ。

なんとかこらえられないかと、入れたまま、もぞもぞと腰の位置を変えていくと、英莉奈はじれったい、とばかりに、純也の顔を引き寄せて、また唇を合わせてきた。

「んううんっ……んうふんっ」

英莉奈のキスはねっとりしていて、獣みたいに激しかった。

くううう、キス魔だったんだな、英莉奈って。

こちらも舌をからませ、英莉奈の頭をかきむしり、おかしくなるくらいに深いキスをしまくって身体を抱き寄せていく。

ああ、上も下もつながって……。

き、気持ちよすぎるっ……。

動いたら、間違いなく射精してしまう。

うねりあがる快感をこらえていると、英莉奈がキスをほどき、

「う、動いてっ……」

とせがんできた。

もういい。射精しそうになったら抜けばいい。純也は奥歯を嚙みしめて腰を動かした。

ゆっくりとグラインドさせただけで、

「あああッ……」

英莉奈は歓喜の声をあげて締めつけを強めてくる。

さすがアスリートというべきか、膣から圧力(プレッシャー)をかけてくる。

負けじとさらに腰を入れる。

恥毛と恥毛がからみつくほどに、深く根元まで突き入れると、英莉奈は恥ずかしそうに下から見あげてきた。

「はああんっ、いっぱい……ああんっ、純也っ……」

「ああ……英莉奈……」

英莉奈を抱きしめながら、なんとかストロークのピッチをあげていくと、英莉奈がますますとろんとした目を向けてきた。

「ああんっ、こんなの初めて……ああんっ、なんか私……」

言いながら英莉奈がせつなげに身をよじる。たまらなかった。

純也は猛烈に腰を動かした。すると、ぐちゅ、ぐちゅ、と果肉のつぶれるような音がして、甘い密着感が増していく。

腰を打ち込むたびに、形のよい乳房がゆっさゆっさと縦に揺れる。

純也は必死に英莉奈の揺れ弾む乳房を握りしめ、薄ピンクの突起に軽く指を立て、くりくりっといじってやる。

それがかなりよかったのだろう。

「あんッ……！」

英莉奈がビクッとして、高い声をあげた。

そうか、やはり乳首が感じるのか。

だったら、もっとだ。

むぎゅ、むぎゅ、と形がひしゃげるほど揉みながら、身体を丸めて乳首を口に含んで吸いあげる。

「あんっ……だめっ……ああんっ……ああんっ、もっと……」

英莉奈が眉根を寄せて、おねだりしてきた。

よし、と決意を新たに、歯を食いしばってピストンを速める。

パンパンと肉の打擲音が鳴り響き、汗が飛び散ってソファを濡らす。結合部はもう汗と愛液とガマン汁でぐっしょぐしょだ。

そうしていると、英莉奈がぼぅっとした目を向けてきた。

「ねえ……だめっ……もうだめっ……ああん、イク……イッちゃうっ……ねえ、私、イッちゃうっ」

おそらく、迫りくる愉悦の大きさが尋常ではないと察したのだろう。

ならば、その大きな快楽を味わわせたくなった。

このスレンダーなプロゴルファーの肉体に、長年の想いとともにめくるめく快楽を刻むべく、純也は無我夢中で渾身のストロークを叩き込む。

「あんっ……あんっ……気持ちいいっ、純也っ……アアンッ！」

ますます英莉奈が乱れてくる。

もっと可愛がりたかったが、こちらももう限界だった。

「ああ……だめだ、出そうだ」

抜かなければと思った矢先だった。

「あんっ、いいのっ、出して……お願い、欲しい……純也のが欲しいっ」

甘い声でおねだりされて純也は息を呑んだ。

「えっ……だって……」

「いいのっ。ホントよ。私、できにくい身体なの……それに時期も違うし……お願いっ……」

英莉奈は肉の愉悦に溺れきっていた。ここまで英莉奈を淫らにさせたことに自分で自分を褒めてあげたい。

ギュッと抱きつき、がむしゃらに腰を使った。

そして次の瞬間……。

「ああッ……だめっ……あぁんっ……イクッ……イッちゃうぅぅ……！」

英莉奈が、ガクッ、ガクッと痙攣した。

膣がギュッと締めつけてくる。

その搾りが強烈すぎる。さすがアスリートだ。

「お、俺も出るっ……くっ……！」

すさまじい快楽に全身が震えた。

爪先まで痺れきって硬直したまま、どくどくどくっ、と英莉奈の中に注ぎ入れた。

「あんっ、きてるッ、わかる……純也のが……熱い……」

英莉奈は痙攣しながらも、ギュッと抱擁を強めてきた。

同時に膣に、すごい力で締めつけられる。これはおそらく中に出されて二度目のアクメに達したのだろう。

やがて純也は出し尽くし、ペニスを抜いて英莉奈の上でぐったりする。

「……ありがと」

英莉奈がつぶやいた。

ふたりは、どちらからともなく唇を合わせ、セックスの余韻を楽しんだ。

ヤッパリ可愛いな。英莉奈はあの頃のままだ。

自分にとっては人気の美人プロゴルファーではなく、同級生のマドンナだ。

「なあ」

「ん？　なあに」

「次のラウンド、したいんだけど……」

ニヤニヤしながら言うと、英莉奈は妖艶な笑みを見せ、そして身体をズリ下げていき、出したばかりで汚れている純也のアイアンを優しく口でお掃除フェラしてくれるのだった。

第四章　セレブ妻たちとの４Ｐ合宿

1

英莉奈は結局、そのツアーで初優勝を果たし、翌日の各スポーツ紙には、

「原英莉奈、涙の初優勝！」

「復活！」

の見出しが躍（おど）った。

プレーに思いきりのよさが戻り、持ち前の笑顔が蘇（よみがえ）ったとスポーツ紙に書かれていた。

やっぱりゴルフはメンタルが大事なんだなあ。

そんなことを考えながら純也が記事を読んでいると、

「元気をたくさん注入してくれたファンに感謝します。これからも必ず恩返しをしていきます」

という英莉奈の優勝コメントが目に入った。

このファンってもしかして、俺のことか？

確かにあの晩は〝元気〟を大量に注入したもんな。

思わずニヤけてしまう。

もしかしたら、またすぐにマッチプレーのお誘いがあるってことだろうか。


二週間後のことだった。

純也は千葉のリゾートホテルに併設されたゴルフ場にやってきていた。

今日は珍しいレッスンである。

生徒さんとともに純也もリゾートホテルに宿泊し、一泊二日でみっちりとラウンドレッスンをしてほしいという依頼だった。

いわばゴルフ合宿である。

しかもレッスン代の他に、コース代も交通費も宿泊代もお客さん持ちという、とんでもなくおいしい案件だ。

それにお金のことばかりではない。

今回のお客様は〈ひとり予約〉で出会った人妻である。

ひとり予約とは、ネットの予約サイトに申し込んだ見知らぬゴルファー同士をマッチングさせてラウンドができるという人気のサービスだ。

平日など、仲間を集められないときなどに重宝され、そこでゴルフ仲間を増やしたり、中には恋愛に発展したり、ということもあるらしい。

二十代や三十代の女性が予約をすると、オジサンたちが一緒にラウンドしたいと殺到するらしい。

だから純也は、二十代や三十代は避け、もう少し年齢が上で経済的に余裕があり、うまくなりたいと思っているゴルファーたちとマッチングして、ラウンドを楽しんだり、コーチングの宣伝活動につなげていた。

そんな中だ。

四十歳の人妻と知り合い、いつも一緒にラウンドしている主婦友三人に集中レッスンをしてもらえないかとお願いされたのだ。

いやあ、楽しみだな。

というのもその人妻、仲村香奈はとても四十歳には見えない、若々しい美人であった。

下心があるわけではないが、同じ教えるならオジサンよりも美人の方がうれしいに決まっている。

そんな美人と二日もラウンドできるとは、ラッキーとしか言いようがない。

おっ、あれだ。

待ち合わせのロビーにいると、すらりとした美人が現れた。

その横にいるふたりも、それぞれタイプは違うが遠目から見ても美形だとわかる。

やはり類(るい)は友を呼ぶのか。

「東山さーん」

こちらに気づいて、香奈が手を振ってきた。

純也が駆け寄る。三人とも魅力的で、胸が高鳴ってしまう。

いや、いかんぞ。

今回のレッスンで気に入られれば、お得意様になってもらえるかもしれないのだ。下心は捨てて、コーチングに徹しなければならない。

「紹介するわね、こちら、水沢綾乃(みずさわあやの)さん」

香奈が紹介してくれた。

「よろしくお願いします。水沢です」

和風の顔立ちのスレンダーな女性が、被っていたサンバイザーを外して淑やかな所作で軽く頭を下げる。

ロングの黒髪と奥二重の優しげな目が、とても儚げな印象で、着物が似合いそうな雰囲気だ。香奈よりも年上のようだが四十代前半くらいか。

花柄の可愛らしいシャツに、下は膝丈のハーフパンツという露出ひかえめのゴルフウェアだ。

だがそれでも上下ともハイブランドで、香奈同様にセレブ妻の片鱗がうかがえる。

「それで、こちらが葉月梨紗ちゃん」

「葉月です」

キャップを取って、ショートヘアの子が頭を下げる。

えっ、この子も人妻なのか？

丸顔で、目がくりくりっとした愛らしい顔立ちだった。

先日出会った女子大生の本間翼に雰囲気が似ていたので、純也は色めき立ってしまう。

三人とも美人だけど、彼女が一番タイプだった。

ショートヘアに色白の小顔。小動物を思わせる愛くるしさで、可愛い水色のポロシャツと、プリーツの入ったミニスカート、白いハイソックスというチアガールみたいなゴルフウェア姿がよく似合っている。

笑顔がとても溌剌(はつらつ)としていて、笑うたびにポロシャツの胸が揺れていた。

かなりボリュームがありそうだ。

「で、この方が東山さん。わりとかっこいいでしょ？」

香奈がにこにこしながら、純也のことをふたりに紹介する。

東山です、とこちらも挨拶(あいさつ)をする。

かっこいいと言われて悪い気はしない。わりと、というのはちょっと余計な気もするが……。

それにしても、三人のうちなら、香奈さんが一番エロいな……。

切れ長の目は涼やかで、とろんとした目つきがなんとも色っぽい。

ロングの茶髪をポニーテールにして、甘い匂いをふりまいている。

そして何よりもウェアがセクシーだった。

胸の形がくっきりとわかる、身体にぴったりフィットする白いポロシャツと、かなり短いタイトスカート。

これはもう屈んだら余裕でスカートの中が見えてしまうだろう。先日の〈ひとり予約〉のときは、ここまでセクシーなゴルフウェアではなかったから、ちょっと驚いてしまう。

しかし、四十歳には見えないよなあ。

メイクが少し濃いめで、なんとなく韓国のアイドルっぽい派手さがある。しかし、友達がみな、そろって美人というのは、すごいな。

雰囲気からして、かなりセレブな奥さんたちだと思う。これは上客になってくれるかもしれない。

簡単に挨拶をすませて、さっそくコースに出ることになった。

ところがだ。

ラウンドするのに、キャディさんをつけないセルフプレーだというから、純也は不思議に思った。

セレブな奥さんたちだから節約もないだろうに、どうしてかなと疑問に思いつつ四人でカートに乗り込んだ。

純也が運転をして、後ろには梨紗と綾乃、そして隣に香奈が乗った。

ああ、すごいな。

三人の人妻たちが放つ濃密な女の匂いで、頭がクラクラしてくる。

カートが揺れるたびに、セクシーな香奈の乳房が揺れる。それにタイトミニもかなり短いから、中が見えそうになるので目のやり場に困るのだ。

「へえ、三十歳なの。お若いのね」

年を尋ねられて答えたら、綾乃にそんな風に言われた。

「そんな、若くなんて」

「あら、私とひとまわり以上違うんだから、だいぶお若いわよ。私と十五も違うんだから」

綾乃が微笑んで言う。

十五？　ということは四十五歳なのか。

確かに落ち着いた雰囲気の熟女だとは思ったが、充分に魅力的で、純也としてはお願いしたくなるくらい女っぷりがいい。

「東山コーチ、私と同世代なんですね」

梨紗が楽しそうに言う。

「そうなんですか」

純也が答えると、

「梨紗ちゃんなんかまだ二十代だもんね」

と助手席の香奈が、うらやましそうに言う。

「二十代？」

「うん、この子。二十八歳」

「やだもう、香奈さんったら」

後部座席の梨紗が恥ずかしそうな声を出す。

「いいじゃないの。若いんだから隠すことないじゃない」

香奈が喋（しゃべ）ってしまった。

おかげで三人の歳がばっちりわかった。

「みなさん、仲がいいんですね」

そんな当（あ）たり障（さわ）りのないことを言いつつも、どういう関係なのかなと気になっていたら綾乃が説明してくれた。

どうやら旦那の仕事のパーティで知り合ったらしい。

「夫は忙しいし、子どもは手がかかるし……その気分転換にゴルフをしてるのよ」

香奈がため息をついた。

なるほど。日常から離れるならゴルフ場はうってつけだ。

「気晴らしにゴルフはいいですよね。かっ飛ばしたら気持ちいいし……。わかりました。みなさんが上達するように、しっかり教えますから」

胸を張って言うと、隣の香奈が上目遣いで見つめてくる。

「ウフフ。私たちを二日間かけてみっちり……手取り足取り教えてくださいね」

甘えるように言われた。ニヤつきそうになるのを必死にガマンする。

1番ホールに着いた。

パー4のミドルホールである。オナーは香奈だ。

ティーアップをする際に前屈みになったから、後ろからミニスカートの中がばっちり見えた。

レースのついたペチコートみたいな見せパンだ。テニスなどで穿くアンダースコート、いわゆるアンスコではないだろうか。

そのアンスコが悩ましいほど大きなお尻に食い込んでいる。

かなりいやらしい。
キ、キワドいの穿いてるんだな……。
そんなことを思っていたら、急に香奈が振り返った。

すぐに視線をそらしたが、彼女はイタズラっぽい笑みを浮かべて、純也を試すような目で眺めてきた。

「やだ、コーチ、見えた？」

純也は首を横に振る。

梨紗と綾乃もクスクス笑っている。

や、やばいな……これは想像以上に過酷な修行になりそうだぞ。絶対にいやらしい目で見てはいけないからな。

純也は自分を律しながら、香奈を眺めた。

ミニスカでアンスコ。おっぱいも大きい。でもガマンだ。

香奈のボールは、フェアウェイに飛んだ。

「ナイスショット！」

純也が声をかけると、香奈が満面の笑みを見せる。

次は梨紗だった。ショートヘアの童顔人妻の素振りは、かなりぎこちなかった。香奈と比べると腕前がだいぶ落ちるようだ。

「あの、もう少し肩の力を抜いてみてください」

梨紗にアドバイスすると香奈が近づいてきて、

「ずるーい。私にはアドバイスしてくれなかったのにっ」

と切れ長の目を細め、ふくれっ面をする。

身体にぴったりフィットした薄手のポロシャツで腕に抱きつかれると、ブラ越しにも柔らかなおっぱいの感触が伝わってくる。

「純也コーチ、私のスイングもちゃんと見てほしいわ」

綾乃までおねだりしてきた。

香奈に抱きつかれながら見れば、綾乃が花柄シャツのボタンをふたつまで開けていて、薄いピンクのブラと白い胸の谷間がちらりと覗いている。

そして彼女の優しげな奥二重の目で見つめられる。

な、なんだ？　四十五歳の落ち着いた大人の女性のはずが、こんな大胆なことをしてくるなんて。

「あ、あの、ちょっと……」

密着されるのはうれしいが、さすがにまずいと香奈から離れて梨紗を見ると、彼女がぎこちないスイングをして、大きくめくれたプリーツミニスカートから白いスパッツがチラ見えした。こっちもエッチなものを穿いている。

な、なんなんだ、これ……。

人妻たちの甘く濃密な匂いと、チラ見せしてくる無防備なラッキースケベに、純也はさすがにどう立ち回ればいいか、わからなくなってきた。

「み、みなさん、その……マナーというか……」

注意しようとしたら、ティーショットを準備していた綾乃がセクシーな目つきをした。

「あら、私たち、そんなにマナーが悪かったかしら」

開いた胸元を見せつけるように前屈みになる。

こ、これはなんなんだろう。

とにかく股間が熱くならないよう、心の中で必死に念仏を唱えながら、純也もティーショットを打ったが、当然ながらとんでもない方向に曲がってしまうのだった。

2

グリーン上でも、三人の挑発的な行動は収まらなかった。

ミニスカを穿いたショートヘアの梨紗が、ボールのラインを読むためにしゃがんだので、健康的な若々しい太ももと白いスパッツが丸見えになった。

香奈には、ことあるごとに腕を組まれ、おっぱいを押しつけられる。

綾乃からのスキンシップはないものの、それでも花柄シャツの胸元は大胆に開いたままなので、ほんのわずかだがブラチラしている。

ど、どうなってるんだ、この人たちは……。

まるで誘っているみたいではないか。

キャディさんがいたら卒倒していたことだろう。

もしかしたら、こういうことをするために、キャディさんをつけなかったのではないか？

そう訝しんでいると、パッティング前の香奈がしゃがんだのが見えた。

こちらに向けて大きく脚を開いている。

うわっ。

四十歳の人妻のムッチリした太ももと、ひらひらしたフリルのついた白いアンスコがモロに見えてしまう。

もうこれ……し、下着同然じゃないかよ……。

頭がクラクラした。

なんとか気分を落ち着かせようとして、無言で般若心経(はんにゃしんきょう)を唱えても下半身が疼いてしまう。

今日はぴったりめのズボンを穿いてきたのだ。

万が一ふくらんでしまったら、まずい。

カップに背を向けて、アレの位置を直そうとしたときだった。

「コ、ー、チ？」

すぐ後ろから声をかけられて、ぎくっとした。

振り向くと、香奈が近づいてきて妖しげな目を向けてくる。

「ウフフ。今、私のスカートの中を見てなかった？」

そのまま背後から抱きつかれて純也は慌てた。

「なっ、ちょっと……やめてください……の、覗いてなんかいませんから」

本当は、ガン見していた。

だけどもちろん、それを言うわけにはいかない。

「ホントぉ？」

肩越しに見ると、小悪魔な香奈が、普段は切れ長の目をとろんとさせてくる。

この目つきが息を呑むほど色っぽい。

「ホ、ホントですよ」

焦りながら言うと、横にいた綾乃も口を挟んできた。

「純也コーチぃ……。本当は見ちゃったんでしょう？」

柔和に笑っているものの、綾乃の目には圧があった。

物腰は柔らかいのに、ノーブルな雰囲気をまとっていて、有無を言わせない迫力があるのだ。

「あ、あの……見たっていっても……ちょっとだけです。だってあんなに脚を開いてたら見えちゃいますよ」

「でも見たことにはかわりないわよね。勘弁してください」

綾乃と香奈が目配せしたのがわかった。ようやく白状したわ」

怖気が背中を走る。

「私たちのこと覗いたんだから、私たちのいつものルールにコーチも従ってもらいましょうよ」

ふたりが口をそろえて言う。

「へ？　あの……ル、ルールって……」

戸惑っていると、梨紗が恥ずかしそうに小声で言った。

「あ、あの……今日もやるんですか？」

今日もやるって、何だ？

「梨紗ちゃん、だめかしら。こちらのコーチってわりとかっこいいと思うんだけど」

「えっ、だ、だから……その……」

ますますわけがわからない。

梨紗がこちらをチラッと見てから目をそらした。

「でもいやじゃないのよね」

香奈が訊くと、梨紗は小さく頷いた。

「ウフフ。じゃあコーチ、２番ホールから特別ルールね」

香奈にまた、おっぱいを押しつけられる。

マジでなんなんだろう。

わけがわからぬまま、とにかく三人にうながされるようにして、次のホールに向かう。

なんだかもう、レッスンどころではなくなってきた。

いったい何が始まるのか。

キャップやサンバイザーを被り、華々しいゴルフウェアに身を包んだ三人のセレブ妻たち。

タイプはそれぞれ違うものの、美形でしかもスタイルがよく、ミニスカやハーフパンツから覗く脚も美しい。

そんな三人が無防備に恥ずかしいものを見せてくるだけでなく、まだ何かしようとしている。

純也は不安を覚えつつも、心のどこかで期待をしていた。

そんな中、2番ホールはごく普通に始まった。

だが梨紗の番がやってきて、ティーショットを打ったときだ。

ボールは左に曲がって林の中に入ってしまった。

「ああ、残念だけど、OBですね」

純也が告げると、梨紗は顔を真っ赤にして涙目になったのでギョッとした。

「い、いやその。OBなんてプロでもよくあることなんで……」

梨紗さん、なんでこんなに動揺してるんだ？

ショートヘアの可愛い人妻は、耳まで真っ赤にして、もじもじしている。

それを見ていたふたりの人妻は、

「ルールだものね」

「ウフフ、そうそう」

となんとも言えない妖しげな笑みを浮かべている。

梨紗が打ち直し、全員がティーショットを終えてから、次は一番距離の出なかった綾乃から打つのかと思っていたら、途中で人妻たちが林に向かっていくので純也は「おや？」と思った。

「あの……ど、どこへ？」

純也が疑問を口にすると「いいから」と、香奈に引っ張られて純也も林の中に連れ込まれる。

「このへんなら、外からは見えないんじゃないかしら」

綾乃が言うと、梨紗は持っていたドライバーをギュッと両手で握りしめて、震えていた。可愛い顔が羞恥に歪んで泣きそうになっている。

「さあ、梨紗ちゃん、早くブラジャーを取って」

いきなり香奈がとんでもないことを口にしたので、純也は「えっ？」と驚いた。

綾乃を見ると、こちらも淫靡な笑みを浮かべている。

な、なんなんだと戸惑っていると、綾乃がようやく説明してくれた。

「私たちのルールでは、ＯＢを打ったら林の中でブラジャーを外して、そのホールはノーブラでプレーしなきゃいけないの。刺激的でしょ？」

「えええっ⁉」

驚いて、思わず梨紗の胸元を見てしまった。

水色のポロシャツに包まれた乳房のふくらみは、呆れるほどに大きい。

これがノーブラになったら、どうなってしまうのか。

いやいや、そんなことを考えている場合じゃない。

「そんなルール、まずいですよ。ゴルフ場で……」

「あら、コーチ。これくらいで驚いてちゃだめよ。もっと過激なルールもあるんだから」

香奈がウインクしてみせた。

こ、これ以上過激なルールって……。

先日『セクハラしてください』と女子大生の翼にお願いされたが、それを上まわるセクハラルールだ。

もちろん梨紗のノーブラ姿は見てみたいが、さすがにそれは口にできない。

なんといってもショートヘアの人妻は、明らかにいやがっている。

「り、梨紗さんが可哀想じゃないですか」

「あら。だっていつもやっていることよ」

「い、いつも？」

涼しい顔で香奈が言う。

「私たちだって、同じようにＯＢを打ったら、ブラジャー外してノーブラでラウンドするんだもん。ね？」

ふたりの人妻の言葉に、梨紗はもじもじしながら小さく頷いた。

どうやら強要されているわけではないらしい。

「ど、どうしてこんなこと……なんのために……」

疑問を口にすると、綾乃がちょっと真面目な顔をした。

「だって……私たちの旦那さんたちってすごく忙しいから。さっき、気分転換にゴルフをしてるって言ったでしょう」

「ええ」

「それね、気持ちだけじゃないの。身体の方も発散するため」

綾乃に言われて純也は考えた。

すぐに意味がわかって、三人の顔を順番に見てしまう。

「そ、それって……」

「ウフフ。わかった？　ストレスとともに欲求不満も解消したいってわけ」

まさかの発言だった。

戸惑っていると、香奈が背後から梨紗に近づき、思いきり後ろから手を回して、ポロシャツ越しに梨紗のバストをギュッと鷲（わし）づかみにした。

「キャッ！」

梨紗は悲鳴をあげて身をよじる。

香奈が口を尖らせた。

「あんもうっ。私より大きいんだから、うらやましいわ。ねえ、梨紗ちゃん、また大きくなってない？」

「や、やめてくださいっ、香奈さん。そんなわけありませんっ」

美しい人妻ふたりのじゃれ合いは、あまりにいやらしかった。

それにしても、今、香奈が梨紗のおっぱいを揉みしだいたけど、ものすごく大きかったぞ。

唖然としていると綾乃が苦笑した。

「ちょっと、香奈さん。セクハラしすぎよ」

香奈は梨紗の胸から手を離して、ウフフと妖しげに笑った。

「綾乃さんだって、いつもうらやましいって触ってるくせに。こんなに可愛い顔してるのにＧカップなんて反則よねえ、嫉妬するわ、ウフフ」

ジッ、ジーッ⁉　Ｇカップなんだっ。

思わず梨紗のゴルフウェア越しのふくらみを見てしまう。

確かにでかい。

香奈のぴったりしたポロシャツの胸も息を呑むほどの丸みなのに、それを凌駕(りょうが)する大きさとは……。

はっきり言って、見てみたい。

見てみたいけど……純也は悶々(もんもん)としていると、香奈が言った。

「ウフフ。ほうら、コーチも興味津々みたいよ。早く脱がないと」

香奈がさらに煽る。

本当に脱がないと、許してくれない雰囲気だ。

しばらく逡巡(しゅんじゅん)していた梨紗だったが、やがて大きくため息をついて、持っていたドライバーを木に立てかけ、ポロシャツの裾に手を持っていく。

純也は目を疑った。

おいおい。ま、まさか……みんなの目の前でマジでブラジャーを外す気か……。

このホール限定とはいえ、ノーブラでゴルフをするなんて、かなり恥ずかしいはずだ。

梨紗はポロシャツの裾に手をやったまま、もじもじと太ももをよじり合わせている。

ショートヘアの可愛い人妻が、男が見ている前で今からブラジャーを外そうというのだ。

純也は欲情すると同時に理性がわずかに働いて、くるりと後ろを向いた。

もちろん、こんなに可愛い人妻の脱衣シーンなら、何がなんでも見てみたい。見てみたいけど、じっと見ていたら外せないんじゃないか。

そんな風に思っていると、

「コーチ、約束でしょ。このルールにコーチも参加してるんだから。ちゃんと見ないと」

「ウフフ、純也コーチ。梨紗ちゃんだって本当は見てもらいたいのよ」

ふたりがうそぶいてみせる。

「い、いやでも」

「いいんです。コーチ」

梨紗の声が背中越しに聞こえてきて、純也はゆっくりと振り返った。

梨紗は顔を真っ赤にして、ハアハアと息を乱していた。

だめだ。

もう理性が吹き飛んだ。

目の前で可愛い人妻のストリップが始まろうとしている。

見ずにはいられなかった。

梨紗は頬を引きつらせて、何度も淡い吐息をこぼしていた。

くりくりっとした目が羞恥に歪み、白い肌はまるで湯あがりのようにピンク色に染まっていく。

決心するまで時間がかかったが、やがて梨紗は目をギュッとつむり、顔をそむけながらポロシャツの中に手を入れて、もぞもぞしはじめた。

おおっ、いよいよ、ブ、ブラを外すのか……。

食い入るように見入っていると、ポロシャツの中でふたつの悩ましいふくらみが、ぶるんっ、と大きく揺れ弾んだ。

そして次の瞬間、梨紗はずるりとポロシャツの裾から、白いブラジャーを抜き取ったのだ。

お、大きいな。これがGカップのブラジャーか……。

ブラのカップがまるで梨紗の顔くらいありそうだった。白いブラジャーは精緻（せいち）な紋様のレースがちりばめられたフルカップだ。

梨紗は抜き取ったブラを恥ずかしそうにふたつに折って、小さく丸めて手に持った。

「こ、これでいいですか」

梨紗は身体を丸めて、胸のあたりを腕で隠して訊いてきた。

「だめよ、ちゃんと見せないと」

綾乃が厳しく言うと、梨紗はこちらをうかがうように何度もチラチラと視線をよこしてくる。

そして恥ずかしそうにしながら、胸を押さえていた手を離す。

先ほどよりも生々しい胸の丸みがポロシャツに表れ、ふたつの山の頂きに、小さいポッチがはっきりと浮き立っていた。

ノ、ノーブラだ。ホントにノーブラなんだ。

翼も同じようなことをしたが、紺色の厚手のポロシャツだったから、透けて見えたりはしなかった。

だが、梨紗のポロシャツは薄手の水色だ。うっすら乳輪の範囲が透けて見えている。

「うわっ、やっぱりすごいわ……」

「肩こりが大変そうだけど、うらやましいわ」

好奇の目にさらされて、可愛い人妻は泣きだしそうになっている。

ノーブラのゴルフウェアで、このホールを戦うのか……。

申し訳ないけど興奮してしまう。もうレッスンなんかどうでもよくなってきた。

3

引き戸を開けると、柔らかな湯気に純也は包まれた。

おおっ、大きいじゃないか。

滾々(こんこん)と湯のあふれる浴室には大人が五人以上は入れそうな、大きな檜(ひのき)の浴槽があった。

洗い場がふたつあって、正面には大きなガラス窓がある。開ければ露天風呂のような開放感を味わえるだろう。

外はすっかり夜の帳が下りている。

窓の水滴で見えづらいが、外灯が美しいゴルフコースの緑を、漠然と照らしていた。

むっとした温泉の熱気を感じつつ、純也はかけ湯をして熱い湯に浸かった。

「ふぅッ」

手足を伸ばすと、たちまち疲れが吹き飛ぶようだった。人妻三人とのラウンドレッスンは普段の五倍は疲弊した。

湯を両手ですくい、ばしゃばしゃと顔を洗う。湯の中ではまだ、勃起の余韻が残っていた。

すごいことになっちまったな……。

三人の人妻から提案されたルールは、とんでもなく過激なものだった。

ショートヘアの可愛らしい二十八歳の人妻、梨紗は、結局2番ホールを終えるまでずっとノーブラだった。

歩くだけでポロシャツの胸が妖しく揺れ、スイングなどしようものなら、押さえのなくなったノーブラバストがいやらしく暴れて、梨紗はポロシャツの腋窩に脇汗をかくほど辱められていた。

　続いては綾乃だった。

　彼女がミスショットをして池に入れてしまうと「池ぽちゃは濡れ濡れキス」という罰ゲームで、純也は綾乃とキスすることになった。

　それだけではない。

「グリーンで一番パット数が多い人が、乳首をつままれる」

「トリプルボギー以上を叩いたら、その打数分をスパンキング」

　よくもまあ、そんな下ネタ罰ゲームを考えられるもんだよなあ。

　そんなことを思いつつも、純也も罰ゲームに強制的に参加させられたのだが、極めつけは香奈だった。

　香奈が林に打ち込んでしまい、見つからずにロストになったときだ。

　あのセクシーで一番エッチな香奈が、頬を引きつらせたので、純也はたまらずにルールを尋ねた。

「あ、あの……ロストしたらどうなるんですか？」

　綾乃がはにかみながら説明した。

「ロストボールしたら、罰として、二度となくさないようにゴルフボールを入れて、このホールをプレーするのよ」

「は？　ゴルフボールを入れてって……」

なんのことだろうと思っていたら、綾乃が小さな四角形の小袋を取り出した。その袋を破いて、中からピンク色の丸いゴムを取り出したので、純也はギョッとした。

コ、コンドーム？

何に使うんだろうと思っていると、綾乃は予備のゴルフボールをポケットから取り出して、コンドームの中に入れたのだ。

「ウフフ。さあ香奈さん、パンティを脱ぎなさい」

綾乃の言葉に、香奈は小さくため息をついてから、白いアンスコとショーツを膝まで下ろしはじめた。

ま、まさかっ。

純也が息を呑んでいたときだ。

香奈は綾乃からコンドームに入ったゴルフボールを受け取ると、こちらをちらりと見てから羞恥(しゅうち)に顔を歪め、そのゴルフボールを自らのワレ目に当て、膣内に押し込んでいったのだ。

マ、マジか！

散々エッチなルールを見てきた純也も、このときばかりはさすがに卒倒しそうになった。

香奈は最初入れるのに苦労していたが、汗か、それとももしかすると愛液が染み出てきたのか、直径四センチほどのゴルフボールが次第に膣内に呑み込まれていった。

「ああっ……恥ずかしいわ……」

恥辱のゴルフボール挿入で、香奈は汗ばんだ顔を歪ませていた。

ハアハアと息を弾ませつつも、ようやくゴルフボール一個を丸々と呑み込ませると、香奈のワレ目からは、コンドームの余ったゴムの部分が垂れ下がり、ミニスカートの裾の下にハミ出していたのだった。

あ、あれは衝撃的だったな……。

湯に浸かりながら思い出すだけで、股間のモノがグググッと持ち上がってきた。

そんなキワドいゲームを繰り返していると、もう最終ホールを迎える頃には三人の人妻は今にも純也にしなだれかかってきそうなほど、妖しい雰囲気を醸し出していた。

そうなると、純也が三人の部屋に誘われるのは当然の流れだ。

隣接するリゾートホテルに着くなり「すぐに来て」と言われたので、部屋に荷物を置いて、ゴルフウェアのままで三人の部屋を訪ねると、入った瞬間に三人に抱きつかれて、

「せっかくお風呂がついているお部屋に泊まるんだから、コーチも一緒に入りましょうよ」

と綾乃に提案され、こうして先に部屋付きの半露天風呂に入ったわけである。

しかし、セレブの奥さんたちの考えることとって半端ないな。

湯船で脚を伸ばしながら、純也はニヤニヤした。

いい思いができるかもと思っていたけれど、三人一緒とはなあ……。

これでは夜の四大メジャーならぬ、４Ｐオープンじゃないか。

などとくだらぬ下ネタで緊張を紛(まぎ)らわせていると、脱衣所から三人の女性の声が聞こえてきて、一気に身体が熱くなった。

人妻たちが浴室に入ってきた。

三人ともタオルを胸の前から垂らしているが、バスタオルではなくフェイスタオルだったので、なで肩や腰のくびれ、まろやかなヒップ、むっちりした白い太ももなどが、ちらりちらりと視界に入ってくる。

さ、三人とも、なんてエッチな身体をしてるんだ……。

綾乃はスレンダーで乳房もお尻もひかえめだった。

だが全身がほどよく引きしまっていて、とても四十五歳には見えない。

スリムでも欲しいところには柔らかそうな肉がついていて、熟れ頃のボディラインはとてもタオル一枚では隠しきれなかった。昭和の女優を思わせる古風で整った顔立ちに、柔らかそうな肉体のバランスがいい。

妖艶な香奈は想像以上に豊満な身体をしていた。

肩にも背中にもほどよく脂肪が乗っていて、四十歳のムッチリしたボディラインをつくっている。

梨紗よりも小さい、とこぼしていた乳房も、しっかりと張りがあった。

そしてふたりよりひとまわり年下、二十八歳の梨紗は、女盛りともいえる圧巻のバストやヒップを誇示していた。

ショートヘアの可愛らしい童顔のくせに、Ｇカップのバストはタオルでは隠しきれないほどの存在感だ。無防備にさらされたヒップも熟した桃のようで、たまらない撫で心地を想像させる。

三人とも、おっぱいもお尻もムチムチしていて肉感的で……そんな三人と今から混浴するなんて、これはもう桃源郷ってやつだろう。

湯に浸かりながら純也は鼻息を荒くした。

イチモツは臍についてしまうほど硬くたぎっている。

「わあ、大きいお風呂」

「ホント、すごく広いのね。泳げちゃいそう」

「この部屋、なかなか予約が取れなかったのよね」

三人がひとりずつ手桶でかけ湯をする。

綾乃は片膝をついて淑やかなポーズで、香奈は大胆に脚を開いて、そして梨紗は恥ずかしそうに身体を丸めて、それぞれのやり方で裸体に湯をかける。

三人とも肌は白く、その白磁のような肌に熱い湯が流れると、一気に女体が艶めいて見えた。

香奈と綾乃は濡れないように長い髪をアップにしていて、ショートヘアの梨紗と相まって三人の白いうなじが色っぽかった。

「ウフフ、梨紗ちゃんのおっぱい、いつ見ても嫉妬しちゃうわ」

香奈が笑みをこぼしながら、梨紗に抱きついた。先ほど林の中でブラを外したときの続きみたいにじゃれ合い、ふたりのタオルが落ちて乳房や下腹部の繁みが露わになる。

「キャッ……ちょっと、香奈さんっ……そ、そんなに揉まないでくださいっ」

梨紗がイヤイヤと身体をよじると、Ｇカップバストが大迫力で暴れまわる。

「あん、うらやましい。やっぱり二十代のおっぱいはハリがあっていいわね」

香奈が梨紗のおっぱいを揉みながら言う。

「そうねえ、肌もすべすべだし……」

綾乃はいやらしい指使いで、梨紗の頰を優しく撫でる。

「あっ……あっ……やだっ……あ、綾乃さんまで……」

三人の美しい人妻が素っ裸でいちゃつく姿は、あまりにエロティックで、もう目が離せなくなってしまう。

乳房が一番大きいのは、やはり梨紗だった。

同性がうらやむほどの大きなバストで、若さを誇示するようにトップがツンと上を向いている。陥没（かんぼつ）気味の乳首というのもいい。

その次が香奈で、少し垂れ気味ではあるものの、下側が充実したふくらみをつくっていて、悩ましい半球体を揺らしている。四十路でありながら、乳頭部は鮮やかな薄ピンクだ。

一番いやらしい乳房をしているのが、意外にも綾乃だった。

ひかえめながら充分な女らしいふくらみを見せる乳房は、乳頭部は暗いピンクで乳輪が大きい。整った和風の顔立ちと、その乳房の猥褻さのギャップに、ますます目が離せなくなる。

脂が乗りきったアラフォー美女ふたりは、剝き出しの肩や背中から濃厚な色香を漂わせ、女盛りの二十八歳の可愛らしい女性は、豊満なボディから健康的なお色気を放っている。

な、なんてエロい人妻たちなんだよ……。

三人の人妻たちは、純也の向かい側から浴槽のへりを跨いで入ってきて、寄りそうように湯に身体を沈めてきた。

前を隠していたタオルも浴槽のへりの部分に置いてきているから、三人とも全裸だ。

もちろん純也もタオルで身体を隠してはいない。全裸だ。

さすがに恥ずかしいなと戸惑っていると、三人が笑みを浮かべて湯の中を移動してきた。

おおおっ……。

丸々とした乳房が半分くらい見えていて、それが純也に迫ってくる。

そのまま三人に包囲されるのかと思うと、さすがに気圧されて、うつむいてしまう。

「ウフフ、恥ずかしがってる。コーチったら、可愛い」

右サイドから香奈が身体を押しつけてきた。

ふにょっとした乳房の弾力を右肘に感じ、一気に身体が熱くなる。

と思えば、綾乃も左腕をつかんで同じように、いやらしいおっぱいをこすりつけてきた。

続いて梨紗も恥ずかしそうにしながらも、大胆にも真正面から純也に迫ってきた。

目の前でＧカップのおっぱいが揺れている。

な、なんだこりゃ……！

三方から美しい人妻たちに取り囲まれ、甘い匂いと柔らかな胸のふくらみと、すべすべの肌で、もうどうしたらいいかわからなくなってきた。

現実離れしたハーレム状態を、心の底から楽しみたいのだが、実際にやられてしまうと、気恥ずかしさや緊張が募る。

そのくせ、湯の中では股間のモノがいきり勃っている。

それを隠そうとするも、両手をつかまれているので、ほとんど身動きがとれなかった。

たちこめる湯気の中で熱い湯に浸かり、このままのぼせてしまいそうだった。

「ウフフ。ねえ、コーチぃ……。年上と年下、どっちがタイプ？」

香奈が耳元でささやいてきた。

「えっ、そ、それは……その……」

純也はどう言っていいかわからなくなって、しどろもどろになった。

最初はショートヘアの似合う、可愛い梨紗がお気に入りだった。

だが小悪魔的な雰囲気の香奈は大胆に迫ってくるし、落ち着いた和風美人の綾乃も、実はかなりエロい部分を隠し持っていることがわかって、これまた魅力的だ。

「ウフッ。いいじゃないの。ねえ、純也コーチ。私たち三人を平等に楽しませてくれないかしら？　それが４Ｐをする最低条件だから」

綾乃があっさり４Ｐと口にした。

「……が、頑張ります」

なんと答えたらいいかわからず、本気で言った。

だが三人に笑われてしまった。

「頑張ってくれるんだって」

「ウフフ。楽しみだわ……」

両脇のふたりが、ぴたりと裸体をくっつけてきた。

「ふたりともずるいです。私も……ッ」

負けじと梨紗もおっぱいを胸板に押しつけてくる。

た、たまんないっ。

うっとりしていたときだ。

「やだ、もうこんなに大きくなってる」

目ざとく香奈に勃起を見つかってしまった。

そして間髪容れずに香奈の手が湯に潜り、肉柱を握ってくる。

「むうっ」

純也は目を白黒させる。

香奈だけでなく、綾乃も手を伸ばしてきて、一本のペニスをめぐって人妻同士の奪い合いが始まったのだ。

「あ、ちょっ、ちょっと……」

「なあに？　気持ちいいんでしょう？」

香奈が目を細めて見つめてくる。

湯の中で男根を弄びながら、チュッ、チュッと首筋にキスされた。

綾乃も同じように男根の根元を指で撫でながら、純也の耳元に熱い吐息を吹きかけてくる。

「くっ、あっ……」

思わずのけぞると、ふたりがクスクスと笑い、本格的に身を寄せてきた。

香奈の柔らかそうなバストが湯の中でタプタプと弾み、綾乃のいやらしい乳房がぐいぐいと左の二の腕にこすりつけられる。

「あんっ、私も……」

ひとり置いてけぼりを食らわされていた梨紗も、大胆にふたりの間に割って入ってきて、純也の首の後ろに腕を巻きつけ、引き寄せられる。

「うっ、梨紗さ……んふっ」

キスされて、とろけていると、両サイドから伸びてきているふたりの手がイチモツをシコシコとシゴきはじめた。

「ううっ！」

梨紗とキスしながら、純也はビクッとした。

香奈の手が、湯の中でゆったりと根元をシゴいてきた。

同時に綾乃も、カリ首の敏感な部分を細い指でなぞってくる。

くうう、な、なんだよ、これっ……。

まさにハーレム。男の夢が現実になっている。

このまま身も心もとろけさせるのもいい。

だが、ただ翻弄（ほんろう）されるばかりでは男の沽券（こけん）に関わる。

純也は湯の中で左右の腕を横に広げ、香奈と綾乃の背後からふたりの尻を撫でまわした。

「あんっ！」

「んんっ……！」

悩ましい声が、香奈と綾乃から漏れる。

梨紗とのキスをほどいて見れば、熟女ふたりが濡れた目で純也をじっと見つめていた。

どちらの顔も、息がかかるほど近い距離にある。

そして温泉のせいで汗ばみ、目の下がじんわり赤らんでいる。

欲情している。

もう止まらなかった。

湯の中で、ふたりに勃起を可愛がられつつ、今度は両手を前に伸ばし、梨紗の迫力のバストを揉みあげた。

「ああんっ！」

梨紗が甘い声をあげて、軽くのけぞった。

でかいっ。さすがGカップ……！

指を大きく開ききっても、こぼれそうなほど梨紗は迫力のバストだった。

しかもハリや弾力が素晴らしい。

さらに四十代の熟れきったおっぱいはどうだ。

純也は梨紗の乳房責めを止め、左にいる綾乃の乳房と、右にいる香奈の乳房をギュッと同時に揉みしだいた。

「あんっ」

「くうんっ」

ふたりが一緒に艶めかしい声をあげる。

熟女ふたりのバストはとにかく柔らかかった。

指がまるで際限なく肉房に沈み込んでいくようだった。

おっぱいの揉み心地って、人によってもよっても、ずいぶんと違うものだなあ。

そんなことを思いつつ、三者三様の美しいおっぱいを左右の手で順繰りに揉みまくり、そればかりでなく、湯で温まって硬くなってきた乳首も指でこりこりと刺激してやる。

すると、

「ああんっ……」

「くうっ……」

「やあんッ」

香奈はいやらしく身をよじり、綾乃は手の甲で口元を隠して何かをこらえるようにうつむき、梨紗は恥ずかしそうにイヤイヤと首を横に振る。

三人とも、全然違う感じ方をするんだな……。

4

ますます興奮して、いろいろ試してみたくなる。

湯に浸かりながら、まずは左側にいる綾乃のうなじに唇を這わせていく。

「あっ……！」

びくんっとして、綾乃が顔をのけぞらせる。

四十五歳の淑やかな美女は、三人のうちで一番ひかえめな反応だ。

まずはその綾乃を籠絡しようと、手の中にすっぽり収まる美乳をやわやわと揉みしだき、うなじにキスを続けると、

「あああ……だ、だめっ……」

綾乃はしなだれかかってきて、屹立をギュッと握りしめる。

続けて梨紗だ。

向かい合う形で、胡座の上にまたがっている梨紗を見る。色白の顔が上気して、くりくりっとした目がぼうっと揺らめいて陶然としている。

純也は梨紗の両脇に手を差し入れ、上体を浮きあがらせる。

湯で温まったＧカップの巨乳は水滴をしたたらせ、薄桃色の乳首が誘うようにせり出していた。

純也は片方の乳首にしゃぶりついた。

温泉の湯の味がする可愛らしい乳首をチュッと吸い、舌で転がすと、

「ああんっ、いやっ、いやっ……」

といっそう恥ずかしそうに顔を横に振るものの、湯の中では気持ちよさそうに腰をくいっ、くいっとくねらせている。

「うふふっ、ねえ、コーチぃ。私もッ」

香奈がガマンできなくなったとばかりに、右側から抱きついてきてキスしてくる。

ああ、次から次へと休む暇がない。

こ、これが４Ｐなんだな……。

代わる代わるキスされ、三方から愛撫され、もうおかしくなりそうだ。

純也は香奈と舌をからませる深いキスをしたあとに、本能のままに香奈の乳首に吸いついて舌で転がした。

「くっ……あっ……ああんっ……」

香奈は最初、甘い声をあげてよがっていたものの、純也が乳首を指でつまんで左右にねじると、

「あっ……あっ……」

とうわずった声をあげて、恥ずかしそうに目の下をピンク色に染めあげる。

香奈も恥じらうんだな。

その姿も実にいい。湯の中で勃起をビクビクさせてしまう。

すると、

「ウフフ。興奮してるのね、ビクビクしてるわ。オチンチン……」

綾乃が低い声で言い、香奈の手とせめぎ合うようにして、再び純也の肉棒に指をからめてくる。

そして、逆手（さかて）に握ったまま湯の中でゆったりとシゴいてきた。

湯面がちゃぷちゃぷと揺れる中で、綾乃に負けまいと香奈も肉竿の根元だけでなく、ふぐりをやわやわと揉みしだいてきた。

「ぐぅっ……ッ」

あまりの気持ちよさに、くぐもった声を漏らす。

香奈と綾乃は純也の悶え顔を眺めて、うれしそうだ。さらに、勃起の表皮や玉

袋をじわじわと責めてくる。

うっ、くう……。

ふたりの熟女からのいやらしい手コキに、純也は立ちのぼる快感をどうにかしたいと、前にいる梨紗の巨乳に顔を埋め、突起を指で捏ねまわした。

「あっ！　あっ……ああんっ……いやっ、いやらしい……」

ああ、この子も……乱れてきた……。

香奈も綾乃も、手コキをするばかりではなかった。

ふたりそろって舌を伸ばし、お返しとばかりに純也の乳首を舐めはじめたのである。

5

「むううっ……」

純也は両脇にいる熟女から湯の中でイチモツを弄ばれつつ、乳首をペロペロと片方ずつ舐められていた。

こんな風にふたりから、乳首とイチモツを一度に愛撫された経験はない。

美女ふたりから責められるだけでも夢心地なのに、真正面には可愛い人妻がいて、乳首をいじられて悶えているのだからたまらない。

４Ｐ、すごすぎる……ッ。もう、た、たまらんっ。

ずっと湯船に浸かっているので、さすがにのぼせてきた。

このままだとゆでだこになってしまいそうだと、もう恥ずかしさもかなぐり捨てて立ち上がった。

三人の目の前に、そそり勃つモノを突き出した格好だ。

「あんっ、こんなにすごいことになってるのね……」

香奈がねっとりした視線を向けてくる。

同時に、綾乃も汗ばんだ顔で純也をイチモツ越しに見あげてきた。

「純也コーチの硬いシャフトね。ウフフ、楽しみだわ。ねえ……三人のうちで誰がコーチを一番感じさせるか、競争しない？」

ま、またそんなっ……。

とことんいやらしくて、イタズラ好きなセレブ奥様たちだ。

「いいわよ、ウフフ……」

香奈が受けて立つ。

「えっ、でも私……香奈さんや綾乃さんみたいに、うまくないのに……」

梨紗は可愛い目を潤ませて不安げに言う。

「でも、梨紗ちゃんには私たちにない武器があるでしょ？」

綾乃が言うと、香奈がまた背後から梨紗のおっぱいを揉みしだいた。

「あんッ」

「ウフフ。可愛いんだから……ねえ、コーチ。そこのへりにお座りになって脚を開いてくださらない？」

淫靡な笑みを漏らす綾乃に言われた。

恥ずかしいが、やるしかない。

「わ、わかりました」

純也は答えると、浴槽のへりに腰掛けて、ええいっ、とばかりに三人の人妻たちの目の前で大きく股を開いた。

三人の目が、そそり勃ったイチモツに集中する。

「ウフフ。元気……シャフトが長くて、しなりも強そうなアイアンだわ」

「やだっ……すごいわ……ヘッドの部分もパンパンになってる。チタン製みたいに硬いわ……ウフッ、私がたくさん出させてあげるわね。純也コーチのドラコン賞は私よ」

キワドいゴルフ下ネタを言いつつ、熟女ふたりが競い合うように、左右から純也の亀頭をねろねろと舐めてきた。

それればかりではない。

梨紗も立ち上がり、ふたりの上から亀頭部をちろちろと舐めてくる。

おおう！　ト、トリプルフェラッ！

三枚のねっとりした舌が、左右と上から亀頭を刺激してくる。

股間に群がるのは絶世の美女たち。

そんな彼女たちから同時に舌愛撫をされては、たまったもんじゃない。

純也はもったいないと必死に射精をガマンするが、熱いガマン汁が先端からあふれ出て、糸を引く。

「やだ。お漏らししてる……ねえ、まずは私でいいわよね」

香奈が赤い舌で唇を濡らすと、鈴口に唇をつけてチュッと吸い立て、そしてそのまま生温かい口内に咥え込んできた。

「おおっ……」

純也は両脚をガクガクと震わせる。

「ううんっ……」

生々しい声を漏らした香奈は、頬をへこませたバキュームフェラで、純也をヌキにかかる。

い、いきなりそんなっ……凄技！

香奈に根元まで深く咥え込まれると、亀頭が喉奥の狭いところまで届いて、キュッと締めつけられる。

「くうぅぅぅ」

いきなりのハードフェラに、純也は目を白黒させた。

しかもである。

香奈のバキュームフェラだけでもイキそうなのに、すぐそばで美熟女と可愛い人妻が見とれているのだ。

見られている興奮で、さらに射精欲が高まった。

「ねえ、早く……。次は私よ……」

綾乃が言うと、香奈が口から離したヨダレまみれの肉竿を、綾乃が優しく握って、チュッ、チュッと亀頭部に唇を押しつけてくる。

さらには亀頭冠を舌で跳ねあげつつ、また純也を見あげてくる。

おおっ……。

しっとりした和風美人が、こちらを見つめながら、血管の浮いた肉茎の裏筋をツゥーッと舐めていた。

うっ、うまいっ……さすがだ。

香奈のハードなバキュームフェラと違い、綾乃の口はソフトだが、さすが年の功というように敏感な部分を的確についてくる。

さらに綾乃はギュッと純也の腰を抱えて、亀頭を咥え込んできた。

「ううん、うううんっ……」

悩ましい鼻声を漏らして、綾乃は懸命に顔を振り立てる。

合わせて、玉袋をほっそりした指であやしはじめた。

「あっ、おっ……」

いい。実にいい。

香奈は勢いとテクニックでヌキにきたが、綾乃は手指と舌を総動員して、男を悦(よろこ)ばすことに徹しているような奉仕の仕方だった。

綾乃はしばらく舐めながらこちらを見ていたが、やがてずるりと勃起を吐き出した。

「ウフッ。美味しい……それに可愛いわ、口の中でビクビクして……ずっと舐めてあげたいけど、次は梨紗ちゃんね」

綾乃にうながされて、梨紗が交替で純也の股の間に入ってきた。

色白でショートヘアの似合う美少女みたいな可愛い奥さん。だけどおっぱいは可愛いなんてもんじゃなくて、ド迫力の豊満さだ。

梨紗が濡れた目を向けてきた。

「私、あの……香奈さんや綾乃さんみたいに経験もテクニックもないんです。だから……」

消え入りそうな声で言う梨紗が、股間の前でしゃがみ、大きなおっぱいをヨダレまみれのいきり勃ちに押しつけてきた。

え？

何をするのかと思っていると、梨紗はいきなり巨大な乳房の谷間にペニスを挟(はさ)んで、左右から圧迫してきたのである。

「パ、パイズリっ……？」

びっくりして、思わず声を出してしまった。

眺めていた香奈が、

「梨紗ちゃん、ずるーい」

と甘ったるい声で非難する。

「あら、でも自分の武器を使ってるんだから、いいんじゃない？」

綾乃は余裕を見せて不敵に笑う。

梨紗はふたりの熟女のヨダレを潤滑油代わりにして、左右のおっぱいで勃起をシゴいてきた。

にちゃ、にちゃ、といやらしい音がして、勃起の表皮が柔らかなおっぱいで刺激される。

こ、これがパイズリか……き、気持ちいいっ。

おっぱいの感触がたまらないのはもちろんだが、パイズリは見た目の迫力が素晴らしかった。

自分の性器の先が深い胸の谷間から出たり入ったりを繰り返している。

まるでおっぱいの海に、ペニスが溺れているようだ。

「き、気持ちいいですか？　私、こういうの初めてで……」

おっぱいでシゴきながら、梨紗が上目遣いで訊いてくる。

初めてなんてウソだろう？　純也は心の中で思った。

パイズリしながらの上目遣いなんて、さながらＡＶのような光景じゃないか。

「……ううっ、た、たまらないですよ……こ、こんなの……」

感じすぎて、目の焦点が合わなくなってきた。

尿道が熱くなり、射精前の甘い陶酔（とうすい）が脳内をとろけさせていく。

「やだもうっ、やっぱりおっぱい使うの、ずるいわっ」

横から香奈が身を寄せて、唇を重ねてきた。

「ぅううん……うふんっ」

もう純也は、されるがままだ。

お互いが口を開いて、舌と舌をもつれさせていく。

「ウフフ。もう私たちもぐっしょり濡れちゃって、プレー続行不可能ね」

綾乃がまた乳首に吸いついて舌で舐めまわしてくる。

ディープキスに乳首責めにパイズリ……上から下まで、美しい三人の人妻に翻弄されて、もうどうにかなりそうだった。

初めてのハーレムセックスは、問答無用の気持ちよさだ。

こんなの、こらえられるわけがなかった。

「だ、だめだっ……で、出るっ、出ちゃいますっ」

キスをほどいて、なんとか声をあげた。

快楽の波に溺れそうになりながら、助けを求めるのがやっとだ。

だが、もちろんそんなことを伝えても、やめてくれるような人妻たちではない。

「ウフフ。いいのよ、いっぱい出して」

「熱いのちょうだい、コーチ」

「あんっ、おっぱいの中で……オチンチンがビクビクしてるっ」

さらに三人に色責めされる。

もうガマンなどできるはずもなく、頭の中を真っ白にしながら、大量の白濁液を三人の人妻に浴びせてしまうのだった。

6

「こ、今度は、僕にさせてください」

純也はハアハアと息を弾ませながら伝えた。

一度射精したくらいでは、この興奮は収まらない。

三人がかりで弄ばれるのも悪くないのだが、このままではずっと、されるがままになってしまう。

それでは面白くない。

「三人で、浴槽のへりをつかんで脚を開いてください」

純也の言葉に三人は顔を見合わせる。

さすがに恥ずかしそうにしていたが、三人ともフェラチオやパイズリをしたことで、もう欲しくてたまらなくなっているはずだ。

「やだもう……エッチなのね、コーチったら」

「純也コーチって、けっこう恥ずかしいことさせるのね」

「あんッ、ホ、ホントにするんですか？」

三人は目の下を赤く染めて恥じらいつつも、湯船の中で立ち上がり、浴槽のへりをつかんでこちらにヒップを突き出してきた。

湯煙の中、桃のような悩ましい丸みの白い尻が、ぷりんと三つ並んでおねだりするように揺れている。

お、おおお！

すごい光景だった。

純也は目を見開き、生唾を呑み込んだ。

綾乃は小ぶりの尻だったが、ワレ目の上部の方から尻の狭間まで、黒い繊毛が生い茂ってエロい股間だった。淑やかな熟女とは思えぬ生えっぷりであり、その中心部の花びらは大きくて肉厚だった。

香奈は、肉ビラのくすみがいやらしかった。使い込んだように見える熟れたおまんこからは、蜜がしたたるだけでなく、白っぽい本気汁まで分泌していた。

そして梨紗は、顔の雰囲気通り恥毛が薄かった。いや、ほとんどパイパンに近くて、小ぶりの淫唇が剝き出しだ。縦スジからは綾乃や香奈に負けないくらいに、太ももまでたっぷりと蜜を垂らしている。丸みを帯びたヒップも実にいやらしい。

「た、たまりませんよ……」

純也は瞬き(まばた)も忘れ、ハアハアと熱っぽく見入ってしまう。こんな美しい人妻たちの尻を並べて見比べるなんて、前世でどんな徳を積んだのかと首をかしげてしまう。

乳房もそうだけど、こうやって比べてみると、おまんこも人によってずいぶん形や色が違うもんだな……。

震える右手をまずは綾乃の尻の狭間に忍ばせていく。

うわっ。

濃く繁った繊毛の奥にある女の園が、火傷しそうなほど熱くぬかるんでいた。

同時に左手は、香奈の股間に触れている。

同じようにぐっしょり濡れて、純也が指でなぞると、まるで生き物のようにひくひくと粘膜がうごめいた。

続けて梨紗だ。

排泄の窄まりの下に、あふれ出た蜜がしたたる亀裂がある。

ワレ目の中は、幾重にも咲くピンクの媚肉がみっちりとひしめき合って、甘い性臭をプンと匂わせていた。

純也はふたりの股間をいじりつつ、梨紗のワレ目に舌を這わせた。

「ああンッ。いやっ」

「はううん」

「くうっ、ううんっ」

三人は悶えながら、身をよじる。

純也は梨紗へのクンニを中断し、三人を見た。

両手でへりにつかまりながら、こちらを見る恥じらいの表情が、三人ともあまりにセクシーすぎた。

これほどまでに美しい三人を、一緒に感じさせていることにますます興奮し、左右の香奈と綾乃の蜜壺（みつつぼ）を指で同時に貫いた。

「はぅぅ！」

「はあああん！」

ふたりはビクッとして顎をせりあげて、腰をガクガクと震わせる。

そしてグラマーとスレンダーボディの熟女ふたりは自ら脚を開き、もっといじってとばかりに腰をグラインドさせてきた。

「すごいですよ、三人ともこんなに濡らして……」

純也は膣内に埋めた左右の指を、鈎状（かぎじょう）に曲げて天井をぐりぐりしながら、さらに梨紗の膣奥に舌を埋め込んだ。

7

「はううっん！」

「ああんっ」

浴槽のへりに両手でつかまり、こちらに尻を向けた美熟女ふたりの膣穴を、左右の指で一緒にぐりぐりと刺激してやると、ふたりはあらぬ声をあげて、腰をさらにくねらせはじめた。

「あんっ！　いやっ、いやっ……恥ずかしいっ！」

一方で、同じように尻を向ける真ん中の可愛い人妻は、膣口を舌で愛撫されて、羞恥にまみれた悲鳴を漏らしている。

まさか左右の手で別々の女の膣を手マンして、さらにもうひとりの女をクンニすることになるなんて、考えたことすらなかった。

そんな大胆なことができているのは……三人がいやらしいほど乱れてくれているからだろう。

それにしても梨紗の濡れ具合は尋常ではなかった。

三人ともが、だらだらとヨダレのように愛液を垂らして身をよじっているのだが、いやがっている梨紗が一番ぐっしょり濡らしている。

どうやら一番感度がいい。

おそらく熟女ふたりに比べてセックスの経験が浅いから、この快楽をこらえきれないのだろう。

ならば最初は梨紗だ。

純也は美熟女たちの中に埋めていた指を抜き、梨紗をこちらに向かせて、へりに腰掛けさせる。

そして股を開かせて、股ぐらに顔を突っ込んで本格的にクンニを始めた。

「ああんっ、だめっ、だめっ……！」

彼女は目元に涙をためながら、乙女のように恥じらい、抗いをますます強めていく。

無理もなかった。

一番羞恥心の強い若い梨紗が、主婦友たちに恥ずかしい姿を晒しているのだ。恥ずかしいに決まっている。

だが、その羞恥心こそがアクメへのスパイス──。

ひときわ情熱的にワレ目を舐め、包皮に守られたクリトリスを舌でねろねろと舐め犯すと、梨紗は喉を突き出して無防備な巨乳を、たっぷん、たっぷんと揺らして身悶えを強くする。

「だっ、だめぇぇぇ！」

このままクンニを続ければ、すぐにでもイッてしまいそうだった。

だが三人の人妻が４Ｐをさせてくれる条件は、

《三人を平等に可愛がる》

ことだ。

次は綾乃がターゲットだ。

同じようにへりに座らせて、股間に顔を近づけていくと、やはり梨紗同様にぐっしょりと濡らして、生々しい磯のような匂いを発していた。

四十五歳の熟女の花蜜は、粘着質で濃厚だった。

女性のマン汁もひとりひとり違うものだなあと思いつつ、くんくんと鼻で獣じみた匂いを嗅ぎまわしていると、

「ああんっ、やめてちょうだい」

落ち着いた余裕を見せていた綾乃だが、さすがに濡れきった股間を嗅がれるのは恥ずかしいらしく、柔和な美貌を赤く染めてタレ目がちな優しい目を歪ませる。

「どうしてですか。いい匂いですよ」

純也はひとまわり以上、年の離れた人妻を煽りつつ、嬉々（きき）として草むらに顔を突っ込み、女の花をねろねろと舐めまわした。

「あっ……ううんっ……ああんっ、そこはっ……感じすぎるぅっ」

すると綾乃は細眉を困ったようにハの字にさせ、腰を淫らに痙攣させる。

ツンとする強い匂いと、生温かな潤みが純也の鼻先と舌に漂い、さらに興奮が増していく。

また梨紗、さらに香奈……と、純也は三人の股間を代わる代わる舐めていく。

丹念に舐め続けて、舌が痛くなるほど舐めしゃぶっていくと、

「あああっ！　ダメッ……！」

「あああんっ、もうっ……もうっ……」

「くううっ……ああんっ、お、お願いっ……もう、もうッ」

三人が差し迫った声をあげ、腰を震わせる。

そして……。

「ねえっ、お願いっ、つ、続きはベッドで……」

とおねだりされ、サドンデスの延長戦に突入した。

第五章　あの娘に逆転カップイン

1

濡れた身体をバスタオルで拭いてから、純也と人妻三人はホテルの部屋のベッドの上に移動した。

そして人妻たちはベッドに上がるやいなや、バスローブを脱いで全裸になり、純也のバスローブを脱がして迫ってきた。

「ちょっ、ちょっと、いきなり……」

純也は目を白黒させる。

おそらく風呂場での手マンとクンニで、パンパンに性感をふくらませていたのであろう。激しく責めてくるのも無理はなかった。

綾乃はアップにした髪をほどき、黒髪を乱して純也にキスしながら風呂場勃起を再びいじってきた。

奥二重の優しげな目はうるうるして、和風美人の落ち着いた雰囲気からは想像もつかないような激しいディープキスをしかけてくる。

香奈も茶髪を振り乱し、純也に背後から抱きつくようにしながら、うなじに舌を這わせて同時に肉茎を指であやしてくる。

梨紗も、純也の硬くなった性器に顔を近づけてきた。

先ほどはテクがないと卑下(ひげ)していたフェラチオだったが、ガマンできなくなったのか大胆に舌を伸ばして舐めてくる。

「くううっ、た、たまりませんよ」

熟女ふたりよりひかえめな舌使いだが、相手に気持ちよくなってほしいと一生懸命なところがいじらしい。

何よりもショートヘアの可愛い童顔の人妻に、フェラチオされながらくりくりっとした目で見つめられるだけで興奮してしまう。

「ウフフ。ねえっ、今度は私が最初でいいでしょう?」

香奈の言葉に、梨紗と綾乃は顔を見合わせ、それから香奈に向かって小さく頷いた。

「いいのね。じゃあ、コーチ、私からね」

そう言って純也を仰向けにさせると、間髪容れずに純也の勃起めがけて一気に腰を落としてきた。

「えっ……おっ！」

いきなり香奈が騎乗位で跨がってきて、純也は驚いた。

ぬるっとした温かい蜜壺が、ペニスを優しく呑み込んでくる。

「ああん！　お、大きいッ！」

香奈はぺたんと腰を落とすやいなや、その腰をいやらしくグラインドさせて前後に揺すってきた。

「おおうっ！」

純也は目を見開いた。

濡れた肉襞がからみついて、うねうねと純也のペニスを包み込んでくる。

こ、これは……気持ちよすぎる！

一度射精していなかったら、あっという間に昇天していたに違いない。

これはたまらないと、純也も下から突き上げた。

「ああんっ。奥まできてるっ、コーチのオチンチン……ああんっ！」

上に乗った香奈が感極まった声を漏らして、さらに激しく身体を上下に揺すってきた。

「くうう！　か、香奈さん。たまりませんっ」

突き上げつつ喜悦の声をあげると、

「まだイッちゃだめよ。三人順番なんだから」

綾乃がぴしゃりと言うと、香奈は名残惜しそうにしながらも、純也の上から離れていく。

次は梨紗だった。

もじもじと恥ずかしそうにしながら、香奈の花蜜と純也のガマン汁で濡れた屹立をつかんで、狙いを定めて腰を落としてきた。

ま、また騎乗位？

純也が息をつめる。

「あああんッ」

梨紗が叫んで、大きく背中をのけぞらせる。

純也も歯を食いしばっていた。

素晴らしい密着感だったからだ。

梨紗のおまんこは予想通り小ぶりで、かなり締まりもいい。

「あんっ、だめっ、だめえぇぇ」

梨紗が上に乗って泣き叫んでいる。

味わうより先に、純也も腰を動かしてしまう。下から突くと、

「ああん、いいっ、いいわ！」

と梨紗は激しくヨガリ泣く。

もっと突きたかったが、綾乃が「交替ね」と言い出して、梨紗が離れると間髪容れずに純也の腰を跨いできた。

ま、また騎乗位？

びっくりしている間に、綾乃の腰がすとんと落ちた。

「ああんっ、お、奥まできてるぅ」

綾乃はすぐに喜悦にまみれた声を放ち、腰を前後に動かしてくる。

おおおう。

熟女の膣内は肉襞の吸いつきが素晴らしかった。

突いても突いても、さらに奥まで引きずり込まれるようだ。気持ちよくて他のふたり同様に突き上げてしまう。

「あ、あああんッ……硬いッ……硬いのに、しなりもすごいのぉ……やあああ

あん」

濡れきった花びらの奥まで貫けば、余裕を見せていた熟女が、いよいよせつなそうな泣き顔を見せてくる。

「ああんっ、次は私っ、は、早く入れたい」

「わ、私もっ。好きなように突き上げてくださいっ」

香奈と梨紗がねだってくる。

だめだ。

このままでは翻弄されっぱなしだ。

どうせすぐにまた射精してしまうだろう。それならば自分から責めて射精したかった。

「さ、三人ともお尻をこちらに向けて並んでください。こっちから突きたいんです」

願望を口にすると、みなが顔を見合わせて小さく頷いた。

三人がベッドの上で四つん這いになって並び、こちらに尻を向けてきた。

うわっ。エロすぎる！

この人妻たち……最高だよ。

三人とも、ざくろのようなピンクの膣から、ぬめぬめとしたヨダレのような愛液を太ももまで垂らしていた。

興奮しきった純也は、三人の牝穴を順番にバックから犯していく。

「あん、そこ感じるッ……コーチ……ああんっ……！」

「ああんっ、だめっ……純也コーチ、ダメッ、ダメッ、ダメッ……ああああんっ、すごいのくるっ、すごいのきちゃう……」

「ああん……イクッ、イクイクイク……ああああんッ」

三人が乱れまくる。三回転目でついに純也も限界を感じた。

「で、出そうです。僕も……」

射精したいと言うと、三人はねっとりとした目を向けてきた。

「ねえっ、お願い。私の中に出して……」

「わ、私の中よ。もう大丈夫な歳だから……」

「私にください。お、お願いっ」

人妻のくせに中出しまで迫ってくる。

恐ろしいほどの淫らさだ。

いったいどこまで、このサドンデスは続くのか。

本当にハーフラウンドくらいしそうな貪欲さで、改めて欲求不満の人妻の欲望の深さに、純也は我を忘れて突きまくってしまうのだった。

2

二週間後。

友人である若い女性インストラクターふたりから、ある企業のゴルフ接待旅行に同行するので来てもらえないかと言われ、純也は指定されたゴルフ場に赴いた。

その企業は取引先の幹部を集めて接待コンペをするらしいのだが、若い女性インストラクターのふたりが不安がって、純也もなかば無理矢理ではあるが、同行することになったのである。

男のインストラクターよりも、若い女性を選ぶのは仕方ないと思うけれど、お酌させたり、無理に飲ませたり、ということがあれば、ふたりを守らなければと純也は思い立ったのである。

ところがだ。

ゴルフ場に着いてみて、純也は驚愕した。

クラブハウスの受付に設置されてあるウェルカムボードに書かれてあった企業名が、来春から本間翼の勤務先となる「四つ葉ホールディングス」だったのだ。

マ、マジか。

ふたりのインストラクターとは、今日のことはＬＩＮＥでしかやり取りをしていなかったし、何より忙しかったからＯＫの返事だけ送って、詳細を聞いていなかったのだ。

「東山さん、ありがとうございます」

顔なじみのインストラクターである瀬下香織と木内和歌子がやってきて、四つ葉ホールディングスの人間を紹介してくれた。

案の定だった。

白髪に眼鏡をかけた、少し肌の浅黒い男がやってきたのだが、その後ろに翼がいた。

やっぱり……。

入社前なのに、彼女はおそらく駆り出されるだろうと思っていたのである。

翼もこちらを見て、あっ、という顔をした。

そして、ちょっと気まずそうな、なんとも言えない表情になる。

ここは知り合いであることを伏せておいた方がいいんだろうな。

なんとなくそんな気がして、何も言わずに日焼けした男と名刺交換した。

遊んでいる雰囲気のオジサンだった。

どこかで見たことあるなと思ったら、純也が後藤と牧村と三人でラウンドしていたときにイチャモンをつけてきた男だ。

「今日はよろしくお願いします。営業部長の榊原です」

男は純也と名刺を交換すると、すぐに香織と和歌子の方を向いて、馴れ馴れしく話しはじめた。どうやら榊原の方は純也のことを覚えていないらしい。ホッとした。

それにしても、まさか四つ葉だったとは……来てよかったな。

翼が〝セクハラゴルフ〟の洗礼をあびた会社である。

どこまで本当かはわからないけれど、とりあえずこの榊原という男には悪い印象しかないので要注意だ。

「東山さん」

榊原や、他の四つ葉の社員に目立たないように、こっそりと翼が声をかけてきた。

「本間さん。まさかコンペの主催が本間さんが入社予定の会社とは、驚いたよ」

「私も……インストラクターが東山さんだなんて……」

翼は頬を赤らめて、ぎこちなく笑う。

あのセクハラレッスンのあと、もう来ないと思っていたのに、彼女はまたレッスンを受けにやってきた。

二度目以降はセクハラレッスンではなく、ただゴルフがうまくなりたいからという純粋な気持ちからだった。

翼とのレッスンは楽しかった。

彼女は明るくてキュートで、ますます好感を持った。

そしてレッスンを重ねていくうちに、プライベートなことも話すようになり、自分に好意めいたものを持ってくれているのでは、と感じるまでになったのだ。

純也はまわりを見てから、翼に顔を近づけてこっそり耳打ちする。

「もしかして、その後もセクハラゴルフを強要されてる？」

訊くと、翼は困ったような顔をしてはにかんだ。

頷きもしないし否定もない。

だが……翼がやけに短いスカートを着用しているのに気がついた。

プリーツの入ったひらひらのミニスカートだが、ここまで丈が短かったら、ちょっと屈んだだけでスカートの中が見えてしまうだろうし、スイングするだけでひらりとめくれてしまうだろう。

それに上半身も、である。

サンバイザーはいいとして、問題は着ている薄いブルーのシャツだ。

サイズ違いではないかと思うほどピチピチで、胸のふくらみがはっきりわかる上に、生地も薄くてブラジャーのラインが透けて見えていた。

上も下も男が悦ぶようなセクシーなゴルフウェアを身につけている。清楚な翼がここまでエッチなウェアを着て、ゴルフをするわけがない。

そうこうしていると、そろそろ始めますと声がかかり、純也と翼は集合場所に向かう。

なっ！

他の女子社員を見て、純也は卒倒しそうになった。

みなが翼と同じようなウェアを着ているのだ。

しかも若くてキレイな子たちばかりである。

間違いない。おそらく接待要員の選抜組だ。

これが四つ葉の接待コンペなのだ。

プレーが始まった。

純也は二組目で、運よく翼と同じ組になった。あとのふたりは例の営業部長の榊原と四つ葉の取引先の取締役だった。主にこの取締役のサポートをするのが今日の役目だ。

「よろしく頼むよ」

榊原が余裕の顔で握手を求めてくる。

顔には出さずに握手するも、翼を見る目がいやらしくて、もういても立ってもいられなくなってきた。

他の組を見ると、男女ふたりずつ四人編成の組み分けだ。

香織と和歌子も別々の組に入って談笑している。

一組目のオナーは愛嬌のある顔立ちの女子社員だった。

絶世の美女でスタイル抜群、というわけではなかったが、男心をくすぐるセクシーな女性だった。どう見ても水商売の方が似合っている。

まさか接待のためだけに入社させてるんじゃないだろうな。

そんな風に勘ぐりたくなるほど、女性たちは取引先のオジサンたちに媚びを売っていた。

その女性がドライバーを構えると、そそくさと男たちが後方に集まってくる。男たちの目がみな彼女の尻に向いている。

昭和か、ここは……。

二人目の女子社員は、強張った顔でスイングしていた。露骨にいやそうなのが傍目にもわかる。

そして一組目の全員が打ち終え、二組目。純也たちの番になった。

「本間くん、リラックスだよ。りらっーくすっ」

営業部長の榊原の顔が、ニヤけている。

四つ葉の取引先の男たちが翼を見て色めき立った。当然だろう。ひいき目なしに翼が一番可愛いと思うし、男ウケするような愛らしい雰囲気がある。

男たちが性懲りもなく、翼の後方にまわり込んできた。

ミニスカート姿でドライバーを構えた翼が、ちらりと後ろを見て、ひな人形のような可愛らしい顔を歪ませる。

ああ、翼ちゃん。

みなさん、マナーを守りましょう、と翼の後方で邪魔をしたかった。

だが……翼自身はこれほどの仕打ちをされても、四つ葉に入りたいと思っているのだ。その気持ちを無下にはできなかった。

ティーを刺して前屈みになるだけで、スカートが短すぎて後ろから白いアンダースコートが丸見えになった。エッチなアンスコだった。これも四つ葉から指定されたのかもしれない。

翼がティーショットを打った。

パアッとスカートがめくれて、またアンスコがチラリと見えた。

「いいスイングだ。若いのに腰の動きがいいなあ」

「どこで鍛えてるんだろうな、オジサンたちも教えてもらいたいよ」

後ろから男たちがはやし立てて、どっと沸いた。

翼は真っ赤になってティーを拾いあげ、そそくさと後ろに下がる。男たちがゴルフそっちのけで翼にちょっかいを出そうとしていた。

マジかよ。

翼が言っていた通りのセクハラ接待コンペである。

そのセクハラはグリーン上でも続き、翼はぎこちない笑顔で、しゃがんでラインを読んでいた。当然ながらスカートの奥がもろ見えだ。取締役の男の目が翼のスカートの奥に注がれている。

これも会社から指示されてるな。

呆れていると、その取引先の男の番になった。カップまで、わりと距離を残している。

「本間くん、ほら、応援して」

榊原が言うと、ピンフラッグを持っている翼が、

「がんばってください」

と健気に声援を送る。

だが、榊原が「違う違う」と言い出した。

「長いの入れてぇ、だろ。ほら、本間くん」

榊原と取締役の男が顔を見合わせてニヤニヤした。

翼が真っ赤になった。

うわっ、思ってた以上にしっかりセクハラだな……。

純也は榊原の頭をパターで殴りつけたい衝動をぎりぎりで踏みとどまった。

3

「もう、こんな会社、入社しない方がいい。さすがにひどすぎる」

前半のラウンドを終えて、クラブハウスで昼食を摂っていたときだ。

翼がいたので物陰に引っ張り込んで純也は説得した。

「そうなんですけど……」

「知ってるよ、キミに夢があるのは。四つ葉に入りたいのも知ってる。だけどこのままでいいのかい？　ちゃんとキミの望む仕事をさせてもらえるのか？」

「でも……」

翼の言葉が出てこなくなる。

彼女はレッスンのとき、このままでいいのか、と本音をこぼしたことがあった。

はたから見ていて、どうしようもない会社だ。

もっとコンプラのしっかりした会社はいくらでもある。

「特に、あの榊原っていう営業部長。あれはひどい」

「あの……榊原部長は私の上司になる予定の人で……」

「えっ、本間さんって営業部に配属が決まってるの？」

翼が頷いた。

「前に私、しつこく誘われてるって言いましたよね」

「ああ、聞いた」

「あれ、実は榊原部長なんです」

なんてことだ。

入社後の上司ということは、他の部署の連中よりもはるかに断りにくいではないか。

セクハラの上にパワハラの要素まで……。これじゃあ、二重苦だ。

「だったら、なおさらやめた方がいい」

真剣に言うと、翼は瞳を潤ませて見つめてきた。

「あの……どうして……どうして私のこと、そこまで親身になってくれるんですか？」

翼が身を寄せてきて、純也はドキッとした。

肩までのふんわりした栗色の髪に、重たげなほど長い睫毛に、バンビのような黒目がちな瞳。

匂い立つような清純さに、純也はもう心を奪われていた。

「そ、それは……キミのことが、好きだから……」

「えっ？」

思いがけない告白を聞いて、翼は大きな目をぱちくりさせた。

当たり前だよな。

この子からしてみれば、三十歳の純也など、ただのオジサンだ。

先日は人妻たちから「かっこいい」と言われたものの、それは相手が同世代か上の世代だからこそ。自分がモテるなんて、そこまでうぬぼれてはいない。

だが、言わずにはいられなかった。

翼は目の下を赤らめて、狼狽えている。

ああ、しまった、言うんじゃなかった。明らかに翼は、どうしていいかわからず困惑している。

「い、いや、その……ごめん。こんなオジサンが……でも……」

気まずい空気が流れたときだ。

「あっ、いたいた本間さん」

ミニスカート姿の先輩社員が、ぱたぱたと足音を立てて駆け寄ってきた。

「だめじゃない。ちゃんとお昼も接待しないと」

翼は恐縮しながら一緒に戻っていった。超ミニスカなので、ちょっと駆け足になっただけで、ミニスカからアンスコがチラチラと見え隠れする。

その後ろ姿を見送り、ため息をついた。彼女がこのままこの会社に入ったとしても、明るい未来は想像しにくい。

どうすればいいんだ……。そう思っていたときだ。

すぐに翼が走って戻ってきた。

ハアハアと息を切らしながら、純也の前に立って言う。

「あ、あの……私なんかでよかったら……」

「えっ？」

純也が目をパチクリさせていると、翼はすぐに踵(きびす)を返して先輩社員が待っている方向へ駆けていった。

《私なんかでよかったら……》

今のは、告白を受けての返事なのか？

ということは翼もまんざらではないってことか……。

がぜんやる気がでてきた。

なんとかしてセクハラをやめさせる――。

純也は「よし」と肚をくった。

4

午後になり、10番ホールからのスタートになった。

「榊原部長」

取引先の男がいないとき、純也が榊原にこっそり声をかけた。横にいた翼が神妙な面持ちでこちらを見ていた。

「なんだね」

「午後のラウンドで勝負しませんか？　もちろんハンデ付きで」

榊原が訝しむような顔をした。

「私がキミと勝負して、何のメリットがあるのかな」

先ほどまで軽い調子でずっと翼にセクハラしていた榊原は、醒めた目でこちらを見てきている。こっちがこの男の本性だろう。

「メリットどうこうは関係ありません。僕が勝ったら、本間さんへのセクハラやパワハラを今後いっさいやめてもらいたいんです」

榊原が眼鏡の奥の目を吊りあげた。

「キミは彼女のなんなんだ。カレシか何かか？」

言われて翼を見た。

彼女は心配そうな顔をしている。

「付き合ってるわけではありません。でも好きなんです。僕が勝ったら、彼女に交際を申し込むつもりです」

きっぱり言うと、榊原は小馬鹿にしたように鼻で笑った。

「本間くんが誰と付き合おうと勝手だ。好きにすればいいが、僕は知らないよ。彼女が来春、ウチの会社に入社してから、どう扱われるかもね……」

純也の顔が引きつった。

露骨にいやがらせをするつもりか。ドライバーを持つ手が震えた。

しかし、しばらく考えていた榊原は、

「まあいい。私が負けたら彼女への待遇は考えよう。だがキミが負けたら、ウチの得意先をすべてまわってゴルフレッスンをしてもらおう。もちろん無償でな」

「えっ」

思わず声が出てしまう。

四つ葉のような大手ならば、取引先も星の数ほどあるはずだ。

フリーランスにはあまりに厳しすぎる条件だった。

「東山さん。いいんです、私……」

翼が口を挟んだ。純也は小さく首を横に振る。

「いや、よくないよ。榊原さん、わかりました。その条件でいいです」

榊原との勝負が始まった。

ちょうど取引先の人間が仕事上のトラブルで急に帰ることになったので、翼を含めて三人だけの方が都合がよかった。

榊原は性格とは裏腹にプレーは慎重で、勝つことに徹していた。

だがマナーは最悪だった。こちらにきつめのハンデを要求した上に、グリーン上では純也のパットのラインを踏んだり、わざとスロープレーで焦らしたりしてくる。

「部長、いくらなんでもマナーが……」

翼が見かねて、口を出してきた。

純也はそれを制した。

「大丈夫、平気だよ。そんなことぐらいで調子を落としたりしないから」

自信はあった。

午前中に榊原の実力はだいたいわかっていたからだ。

ところがだ。

榊原のいやがらせはさらにエスカレートし、ショットの直前にわざと視界に入るような位置に移動したり、スイングのときにくしゃみをしたりして邪魔してきた。

ペースを乱されてスコアを崩してしまった。

18番ホールはパー4のミドルホールで、距離は360ヤード。

フェアウェイが狭く、すぐ横に池もあるコースだ。

ここでは正確なティーショットが勝負をわけるだろう。

花道にうまく止められれば、そこからのアプローチで寄せ、最悪ツーパットでもパーだ。

榊原の実力からすれば、ボギーかダボ。今のふたりのスコアはハンデ付きで五分だ。勝ち筋は見えている。

ティーショットは榊原から。

そこで榊原は、今までにない飛距離を見せて、フェアウェイをキープした。

「ナイスショット」

口惜しいが声をかけると、榊原は鼻で笑った。

土壇場で力を発揮するタイプらしい。

負けていられない。

純也は何度も深呼吸をして、ゆっくりテイクバックに入る。

トップから振りおろそうとしたときだった。

「そういえば、本間くんとはもう寝たのか?」

榊原の言葉に、手元が狂った。

ボールが右に飛んでいく。純也は絶望的な気持ちで、スライスしていくボールの行方を目で追った。

幸いOBは免れたようだが、林の中に入ってしまった。かなり厳しい場所だ。

「今のはマナー違反じゃないですか!」

猛然と怒るも、榊原はどこ吹く風だった。

「そんなことぐらい平気だ、と言ったのはキミの方だろう。だいたいインストラクターと素人の戦いなんだ。これもハンデだよ」

強がって余計なことを口走ってしまったことが仇になった。今さら抗議をしても仕方がないとガマンした。

まだだ、まだ巻き返せる。

必死に食らいつくも、やはり第一行を林に入れてしまったのが大きかった。

結局純也は、一打差で榊原に負けてしまったのだ。純也は榊原から、今後いっさい本間くんには関わらないでもらおうと約束させられた。

5

その夜。

ゴルフ場近くの老舗旅館に移動して、大広間での宴会となった。

みな浴衣着用を義務づけられ、当然のように女性社員たちは取引先の幹部たち相手にお酌をしてまわっている。

さすがに香織と和歌子は不参加にしてもらったが、榊原はこれみよがしに翼をキャバクラ嬢のようにいろんな相手の横につかせて、酒の相手をさせていた。

くそっ。

純也はそれを怨めしげな目で見るしかなかった。

あれだけ大見得を切って負けたのだから、もう口出しはできなかった。

「しかし可愛いな。翼ちゃんかあ。俺、ファンになりそうだなあ」

純也の向かいに座る禿げあがった中年が翼の肩を抱いた。

おいっ、と言いかけて、純也は口をつぐんだ。

引きつった表情の翼が、こちらをちらりと見た。ごめん、と心の中で謝るしかなかった。

「部長、翼ちゃんは僕が先に目をつけたんですから、こっちこっちこっちっ」

目の据わった茶髪のいかつい男が、隣の座布団をぽんぽんと叩いている。

翼は仕方なくという風に移動してすぐに、無理矢理に注がれたビールを飲んでいた。

翼はアルコールに弱いようで、しばらくすると、目をとろんとさせて真っ赤な顔で頬を手でぱたぱたと扇いでいた。

浴衣の襟ぐりから深い谷間が見えており、裾もまくれあがってムッチリした太ももが露わになっている。

さすがに度が過ぎると思って翼の隣に行こうとしたら、榊原に呼び止められて釘を刺されてしまった。

くそ、くそっ。

約束を破れば、翼の処遇に影響がでるかもしれない。翼のしどけない姿を見守りながら、早く宴会が終わってほしいとそれだけを願っていた。

ほどなく宴会はお開きとなって、翼は榊原や取引先の人間たちと旅館のカラオケルームに行くことになった。

もちろんそこに純也は入れない。

仕方なく部屋に戻ったのだが、悶々として眠ることができない。

大丈夫かな……。

香織と和歌子に頭を下げて、カラオケルームに同席してもらったから、最悪なことにはならないと思う。ただセクハラまでは阻止できないだろう。

純也は敷かれた布団の上で仰向けになり、無力感にさいなまれていた。

くそっ。

どうしてこんなにプレッシャーに弱いんだ。

大学のときもそうだった。

ここ一番の勝負所で、びびってしまう。

怪我のせいでツアープロを断念したというのは建前（たてまえ）で、本当は覚悟が決まらなかっただけだ。メンタルのせいだ。

今回だってそうだ。

邪魔をされたとはいえ、18番ホールのティーショットを曲げてしまったのは自分の力不足のせいだ。

自分が弱いのだ。

はあぁっ、と大きなため息が出た。

そのときだった。

部屋のドアをコンコンとノックする音が聞こえた。香織と和歌子だろう。カラオケが終わったと一言伝えに来てくれたのだと思った。

純也は起きあがり、時計を見る。

あれ？　ずいぶん早いな。

結構みな飲んでいたから、早々にお開きになったのかもしれない。

純也は浴衣の裾を直してドアを開けた。

えっ！

立っていたのは翼だった。

「あれ？　もう終わったのかい？」

純也が尋ねると、翼は首を横に大きく振った。

「まだ続いてます。抜けてきたんです」

翼が見あげてきた。大きな目がせつなそうに歪んでいた。

とりあえず誰かに見られたらまずいと、翼を中に入れてドアを閉める。浴衣姿の彼女は全身を強張らせて立ちすくんでいる。

「抜けてきたって……でもそれじゃあ、入社後の扱いが……」

「いいんです、もう」

翼がきっぱり言いきった。

「夢がありました。四つ葉でしかやれないことに関わりたいという夢が……でも、それを手に入れようとすると、もっと大事なものを失いそうで……」

ふいに翼が抱きついてきた。

柔らかな肉体と柑橘(かんきつ)系の甘い匂いが、純也の理性を揺さぶってくる。

「だ、大事なものって……」

訊くと、翼が恥ずかしそうに目の下を赤らめてつぶやいた。

「だって……コーチのレッスンはまだ途中でしょ？　もっともっといっぱいいろんなことを教えてほしい……初めての個人レッスンの日みたいに……」

翼にとって精一杯の誘惑なのだろう。

扇情的な言葉を口にした翼が、上目遣いにはにかんできた。

くううっ、可愛い……。

たまらず顔を近づける。

ゆっくりと翼の瞼が落ちていく。

羽のような長い睫毛が下を向き、ほっそりした首を伸ばして小顔を持ち上げてくる。

ふわりとした肩までの栗色の髪から馥郁とした香りが立ちのぼる。

そして赤く色づいた瑞々しい唇が、純也の前に無防備に差し出された。

なんという可憐な女の子だろう。

純也はおずおずと顔を寄せて、翼の濡れた唇を奪った。

「んん……ッ」

翼はくぐもった声を漏らし、身体を強張らせた。

やはり経験は少ないみたいだな。いや、処女なのかもしれない。

優しく舌を差し出して濡れた唇をなぞると、翼はおずおずと上下の唇を開いてくれた。いやがらないことを確かめて舌先を差し込んだ。

「ぅうん……」

ぎこちないなりに、せつなげに鼻奥で悩ましく呻いている。

彼女も興奮しているのだとわかり、遠慮なしに舌をからめていくと、少しずつ身体の力が抜けていくのを感じた。

一気に劣情が湧いて、翼のほっそりした腰を抱き、その口の中を舐めまわしていく。

「んンッ……んんッ……」

翼も同じように純也の背中に手をまわし、すがりついてきた。

ますます抱擁を強めて、激しく舌をからめ合う。

翼の唾液はアルコールを含んで甘酸っぱく、うっすらと目を開ければ人形のような可愛らしい顔がみるみる紅潮して、とろんととろけはじめる。

ああ、いいな……。

経験の少ない子をこうして感じさせていくのは男冥利に尽きる。

ましてや相手は、たまたま芸能スカウトに見つからなかったというくらい可愛らしい子なのだから、燃えるに決まっている。

華奢な翼の腰を抱き、むさぼるようにキスを続ける。

翼の小さな舌やキレイな歯茎や頬粘膜も、舌を伸ばしてまさぐっていく。

甘酸っぱい唾液をすすっていると、もうガマンできなくなって、抱きしめたまま布団まで連れていって組み敷いた。

浴衣の胸元が乱れて、胸のふくらみがちらりと覗いた。

それだけでもう勃起してしまった。

「ぅんんっ……ぅぅん……」

硬くなった男性器が下腹部に当たったのだろう。

翼はくぐもった鼻声を、いよいよ悩ましいものに変えて、恥ずかしそうに身をよじる。

だが、いやがっている素振りは感じなかった。

いいんだ。進めていいんだな。

ピチャ、ピチャ、と唾液の音を奏でるディープキスを続けながら、浴衣の上から豊かなふくらみを揉みしだく。

乳房の上端のたわみが、ブラジャーの硬いカップとともに指に伝わってくる。

なんだ、この子のおっぱいの弾力っ！

すごいぞ。指を押し返してくる。

二十一歳の若々しい乳房の感触に陶然となりながら、豊かなバストを下からすくいあげるように持ち上げ、ぐいぐいと指を食い込ませる。

「ンンッ……ああんッ……いやっ！」

キスをほどいた翼が、抗う声を出した。

ハッとして純也が見ると、翼は大きな目を濡らして首を横に振る。

「ごめんなさい。いやじゃないんです。いやじゃないけど……恥ずかしい……」

消え入りそうな声で言う二十一歳は清らかすぎた。

か、可愛すぎるだろ……ッ。

ますます昂ぶり、一刻も早く翼の裸身を見てみたいと、震える指で彼女の浴衣の帯をほどいて前を開いた。

おおっ……。

浴衣がはだけ、下着姿の翼が現れた。

白いレースのついたハーフカップのブラジャー、ショーツもブラとおそろいの可愛いものだった。

ああ、この子はホントに白い下着が似合うな。

腰の細さに目を見張った。全体的に彼女は華奢だった。

そのくせ可愛らしいショーツに包まれた下半身は充実していて、太ももの付け根などは女らしいムチムチさだ。

今どきの子のように、ただ細いだけでない。肉づきのよさがいい。

ブルマなどが似合う、健康的なお色気があった。

純白の下着に身を包んだ翼は、清純そのものだった。

成熟に達する前の、だけど少女ともいえない、この二十代前半だけが有する、まろやかなボディ……。まさにピチピチだ。

「ああ、だめっ……」

翼は耳まで赤くして、胸元を手で隠した。

「か、隠さなくてもいいじゃないか」

純也が言うと、翼はいかにも男がいじめたくなるような、怯えたような目を向けてイヤイヤと首を横に振った。

「だって……ち、小さいし……そのくせ、お尻ばっかり大きいし……」

翼が嘆息する。

「そんなことないよ。キレイだ。キレイすぎて、さっきからずっと目が離せないんだから。ホントだよ」

純也はなだめるようにささやきながら、刺繍(ししゅう)つきの純白ブラジャーごと、そっと胸のふくらみを揉んだ。

「ああ……っ」

ため息交じりの悩ましい声が漏れ、翼が身体を震わせる。

経験が少ないのは間違いないが感度はいいようだ。まったく感じてくれなかったらどうしようと思っていたが、その点は心配なさそうだ。

いやがらないならと、翼の背中の下に手を入れてブラジャーのホックを外し、くたっと緩んだブラカップをたくしあげた。

「あんっ……」

翼がかすかに声を漏らし、顔をこれ以上ないほど横にそむける。

ぷるるんっ、とブラジャーから飛び出した乳房に、純也は目を奪われた。

雪のように白く、小高く盛りあがったお椀型の双乳(もろち)。

ぷくっとして、まるで男の手にすっぽり収まるようなサイズ感が、翼のイメージにぴったりだった。

それに加えて、豆粒のような小さな乳首が可憐だ。

透き通るような清らかなピンク色で、白い乳肌に、ミルクをとかし込んでとけてしまいそうなほど色素が薄くてはかなげだった。

こんな可愛いおっぱいがこの世の中にあっていいのか。本気でそう思ってしまうほどキレイだった。

「か、可愛いよ……」

恥ずかしそうにしている翼に声をかけてから、そのまま乳房の裾野をすくいあげて揉みしだく。

意外にもゼリーのような、プルプルの柔らかさだった。

力を入れるとつぶれてしまいそうだったのに、軽く指で揉めば、

「……ぅうんっ……」

と翼はせつなげに眉根を寄せて身をよじる。

目の下がますますピンク色になってくるのが愛らしい。

もう少し力を入れて、ぎゅむっ、と揉むと、乳房が一気に指を跳ね返してくる。

ああ、すごい弾力だ。

さらに揉むと、指の間から小さな乳首がぷくっと顔を出して、少しずつ硬くなっていくのがわかった。

乳首がふくれてきたぞ。ちゃんと感じているじゃないか……。

うれしくなって舌を伸ばし、可憐な乳首をそっと舐めてみた。

「あっ……ンッ……」

翼がうわずった声を漏らして、ビクッと震える。

乳首がかなり感じるようだ。

さらに舐める。

「んんっ……」

翼が唇を閉じて漏れそうになる声をこらえている。

その表情がなんとも艶めかしくて、夢中になって舌を這わせていく。ミルクのような匂いや味がした。

この子、なんでこんなに甘い味や匂いがするんだよ……。

真っ白い乳房と透き通るような薄ピンクの乳首が、純也の唾液で濡れ光り、サラダ油を塗ったようにぬめっていく様は、身震いするほどいやらしかった。

そしてますます乳首はシコり、乳房も張りが強くなっていく。

ひかえめな大きさでも、いやらしい乳房だった。

乳頭部もいよいよ屹立してきて、純也はそれを口に含み、吸った。

「……ああんッ！」

翼の口からいよいよ女らしい声が漏れる。

本気で感じてきたみたいだな。

左右の乳首をちゅぱちゅぱと交互に吸いながら、翼の顔をじっくり眺める。

「うっ、くっ……くうっ……」

翼はしっかりと目を閉じて、半開きの口から甘い吐息を漏らしていた。

慎ましやかな感じ方だが、清純さに隠された牝の欲情を、今にも晒けだそうとしているようにも見えた。

もっとだ。

もっとはっきり感じたところを見せてほしい。

純也はますます硬くシコってくる乳首を、親指で捏ねたりつまんだりする。

すると、

「うっ……ああっ、だめっ……ああんっ……」

いよいよ翼が顎をせりあげて、腰を揺らしはじめた。

6

恥ずかしがり屋の翼だから、いきなりはまずいだろうと、焦らしたつもりだった。

その焦らしが功を奏したのだろう。

ひかえめな感じ方だった翼が、少しずつだが、乱れてきた。

もうそろそろいいだろうと、純也は手を下ろしていく。

ショーツ一枚の無防備な下半身を可愛がりたいと、意外とムッチリした太ももを撫でさすりながら、いよいよ薄布に包まれた花園に指を置いた。

「あっ……」

翼がビクッとして、キュッと太ももを閉じる。

ちょうど純也の右手をぴちぴちした太ももで、挟みつける格好だ。

ちょっと抵抗はあるが、かまわず強引に右手で純白ショーツのクロッチをさすると、

「いやっ……」

わずかに翼が抗い、太ももをよじらせる。

恥ずかしいんだろうなと思いつつ、いやっ、というところは感じる部分だとわかるので、翼の抵抗を無視して指を上下に動かし、ショーツの上から恥ずかしい部分を愛撫した。

「だ、だめっ……」

翼が首を横に振りたくる。

そこまで恥ずかしいのかと思いつつ、さらに強く指を押すと、ショーツの上からでも、くにゅっ、と、わずかに指が沈み込んだ。

おおっ……これが翼ちゃんのおまんこの感触……えっ？

なぞっていると、指の先にわずかな湿り気を感じた。

もしかして、もう濡らしているのか？

そう思うと、いてもいられなくなってきた。純也は性急に純白のショーツの中に手を入れようと試みる。

「あん……ま、待って……」

翼が声をあげるも、もう確かめたくて仕方がなかった。

彼女の暴れる脚をこちらの脚で押さえながら、強引に右手をショーツの中に滑り込ませた。

薄い恥毛の奥に、かなり小ぶりの淫唇(いんしん)があった。

その淫唇に指先を当てると、

「ンッ……」

翼が顎を上げ、身体を強張らせた。

奥に指を伸ばせば、わずかにぬめる粘液が中指にまとわりついてくる。

「ぬ、濡れてるね」

純也が見つめて言うと翼は、

「いや……ッ！」

と恥じらい、顔をそむける。

どれだけ恥ずかしがっても、身体は感じているのだ。

なるほど、ショーツを脱がされるのをいやがっていた意味がわかった。濡れたのが自分でもわかって、それを見られたくなかったのだ。

ああ、僕の愛撫で濡らしてくれたのか……。

うれしかった。

純也はますます興奮し、翼のショーツの中で指に力を込める。指がぬぷっ、と狭い膣孔(ちっこう)に嵌(は)まり込んだ。

「ンうんっ！」

口元を自分の手で覆ったまま、翼が顔を跳ねあげた。侵入した指の根元を膣がキュッと食いしめてくる。

な、なんて狭いんだよ……この子のおまんこ……。

指ですら奥まで入らないじゃないか。

純也は力を込めて膣肉の中を指で攪拌してみた。

すると、ネチャ、ネチャという水音が聞こえてきて、翼の中の潤みに導かれ、ようやく指を奥まで入れられるようになった。

「ンンン……ンンウゥ……」

翼は口元を手で隠しながら、細い眉をいっそうたわめて目を閉じ、長い睫毛を震わせはじめていた。

いいぞ。いいぞ。かなり感じてきている。

甘ったるい汗の匂いに加えて、股ぐらから生魚のような生々しい匂いが漂ってきた。

白い肌は桜色に染まり、全身から女の情感をムンムンと漂わせている。

純也は指を膣内で鉤状に曲げ、思いきり伸ばして奥の天井をこすりあげた。

「ンッ……！」

翼がビクッとして、背中をのけぞらせる。

奥をこすり続けると、翼の震えがひどくなっていく。

こうなると、ショーツの中がどうなっているのか、見たくてたまらない。

純也はいったん指を抜き、彼女の愛液のまとわりつく手でショーツを脱がせて、爪先から抜き取った。

これで翼は一糸まとわぬフルヌードだ。

翼はハアハアと息を喘がせて脚を閉じて股間を隠そうとした。そうはさせまいと先に両膝をつかまえて、ぐいとM字に割り広げる。

「ああんっ」

翼は恥ずかしげに首を横に振り、慌てたように両手で股間を覆ってきた。

「だ、大丈夫だから、手をどけて……」

何が大丈夫かはわからないが、もう純也も欲望にまみれて歯止めがきかなくなってきていた。

翼は最初、イヤイヤと首を横に振っていた。

そして泣きだしそうな顔で視線を泳がせていたものの、やがて深い呼吸を何度か繰り返してから、そっと手を離してくれた。

うわっ、キ、キレイだっ……。

先日の人妻三人組のひとり、梨紗のあそこも使い込んでいない麗しいものだった。

だが、翼の花園はさらに清らかだ。とにかく恥毛が薄くて、ほとんど花びらが剝き出しなのだ。

亀裂のまわりのこんもりした部分はうっすらとした桃色で、ひかえめな花びらがぴったりと閉じていたが、隙間からつやつやしている蜜がこぼれ落ちていた。

処女なのかな……?

いや、でもひとりぐらいは経験してそうな気がする。

いやがるだろうから訊くのを止めて、純也は神々しいばかりの花びらに指を伸ばし、よじれ合う翼の花びらをくつろがせた。

「あっ……」

翼がわずかに呻(うめ)いて、腰をぶるっと震わせる。

花びらの奥は真っ赤な粘膜が折り重なっていた。その一枚一枚が、しっとりと濡れていて、男を受け入れようとしているかのようだ。

やはり濡らしてくれたんだな。

よし……。

もっと濡らして、淫らな翼を見てみたい。

純也は花びらに口づけた。

「あっ！　いやっ」

翼が困惑した声をあげた。

身をよじり、腰をくねらせ逃げようとする。

だが……。

そのいやがり方が男心をくすぐってくる。

可愛いだけじゃない。男の欲望をかき立てる色っぽい仕草や雰囲気がこの子には備わっていて、それがたまらない魅力なのだ。

クンニは初めてかもな。だったら優しくしないとな。

純也は舌を伸ばして、大陰唇（だいいんしん）の内側をちろちろと舐めはじめた。

恥毛の薄い、まるで幼い子どものような女性器を舐めるのは、妙な背徳感があって興奮する。

花びらをくつろげながら粘膜の狭間に舌を突き入れて、かき出すように舌を使うと、

「ぅふっ……ううんっ……」

と翼はまた口元を隠す。

だが、舐めていると翼の雰囲気が変わってきたのがわかった。

何かをこらえるように背を浮かせ、大きく開かされた両脚の爪先をぐっと丸めているのだ。

それに加えて粘膜の奥からは、ねっとりと濃厚で酸味がかったエキスが、しとどにあふれ出した。

舌と指であそこをいじると、あふれる花蜜で純也の指も口のまわりもべとべとになってくる。

清楚な容姿や幼い性器に似合わず、いやらしい味のする蜜だ。

さらに舌で、くちゅくちゅと音を立ててかき混ぜてやる。すると、

「あ、あぅぅぅ……ああっ……ああっ……」

いよいよ翼は、どうしたらいいの、というような切実な目を向けてきて、うわずった声を漏らしはじめた。

さらに花びらの合わせ目にある丸い突起を舌でつつけば、

「あんッ！」

翼は一気に感じた声をあげ、太ももを閉じようとした。

だが純也が太ももを押さえているのだ。

恥ずかしくても脚を閉じることはできない。

やはりクリトリスがいいみたいだな。

純也はさらに舌で弾くように小豆を舐める。

翼は身をよじって布団をつかんだ。

「だめっ、だめえっ……」

かなり感じてきたようで、どうにもできないといった表情だった。

純也は豆粒を舌先でほじりながら、さらに指を、ぬぷーっ、と膣口に押し入れてやる。

中はもう先ほどとは違って、熱くてぐっしょりしていた。

「ああっ、いやっ！」

翼は叫んだけれど、逆に膣が指を締めつけてくる。

ギュッと包んでくるような膣のうねりがたまらない。

さらに奥まで指を入れると、

「はあああッ！　ああっ……」

翼は悲鳴をあげて、さらに入り口をきつく締めてくる。

すさまじい締まり具合だった。さらに指を曲げて、ざらざらした部分をこする

と、

「だめぇっ、だめぇっ……！」

と女体を限界まで弓のようにしならせて、膣肉を痙攣させはじめた。

も、もうだめだ。

こちらも限界だった。

純也は愛撫を中断させて浴衣とその下に着ていたTシャツを脱ぎ、ガマン汁のべっとりついた下着も下ろして、再びM字にした翼の両脚の間に腰を滑り込ませていく。

翼はちらりと勃起を見た。

しかし恥じらいよりも、それが欲しいと瞳をぐっしょり濡らして自分から脚を広げてきた。

「や、優しくしてください」

翼が不安げな顔を見せてきた。

純也は小さく頷く。

ああ、いよいよだ……。

初めてゴルフ場で見かけたときから、天使だと思っていた。

可愛らしいワンピースタイプのゴルフウェアが、これほど似合う子は他にはいないと思った。

話してみればとても清純で、キュートな魅力にあふれていた。

そんな彼女と、ようやくひとつになれる。

まるで童貞のように、胸の高鳴りが抑えられない。

歓喜に震えながら幼い花園に切っ先を押し当てると、翼はそっと目を閉じた。

純也はいきり勃ちに手を添えて、ゆっくりと進める。

すぐに切っ先が嵌まり込む感覚があった。

だが、ここからだ。

入らない。

恐ろしいほど狭い入り口だった。

ちょっと焦りつつも何度かこすっていると、ようやく先端が入っていった。

入り口を突破すると、あとはぬるりと嵌まり込んでいき、熱い柔肉がからみついてきた。

「んぅぅぅ！　ああッ」

ものすごい圧迫を感じたのだろう。

翼が顎を跳ねあげて、今までになく大きくのけぞった。

つらそうにギュッと目を閉じ、眉間にシワを寄せた苦悶の表情で、ハアッ、ハアッと喘いでいる。

挿入の衝撃を、全身で受け止めているようだ。

「う、く……」

純也もこらえきれずに、声を漏らした。

狭い上に収縮の強い肉の襞(ひだ)が、ギュウギュウと分身を締めつけてくる。

くううう……気持ちいいっ。

何よりも、翼とひとつになれた悦びが大きい。

「ああ……っ、翼ちゃん……」

思わず名を呼ぶと、翼は泣きそうな顔をしながらも、こちらをじっと見あげてきた。

「痛い？」

訊くと、翼は首を横に振った。

「大丈夫です……うれしいから……」

涙目の翼が愛おしくて、入れたまま抱きしめた。

強く抱きしめ、唇を重ねる。

翼はもう何も隠さずにむしゃぶりついてきた。

唾液と唾液が混ざり合い、舌が結べそうなほどからみ合う。

脳みそがとろけるほど気持ちよくて、純也は本能的に腰を動かしてしまっていた。

優しくして、と言われたが、それは到底無理だ。

人妻たちに夜のレッスンをしてきて、心に余裕があったはずなのに、そんなことはすっかり霧散し、性急に腰を動かしてしまう。

「ああンッ、だめっ……だめ、ああン……」

キスをほどき腕の中で身をよじる翼の声が、ますます色っぽくなっていく。

見れば翼は優美な眉を折り曲げ、つらそうに目を閉じ合わせて、打ち込みの衝撃にたえている。

可愛い顔も耳も胸元もほんのりと赤くなって、素肌は汗ばみ、ムンムンとした発情の匂いを放っている。

翼も感じている。よかった……。

純也は息を弾ませながら、揺れるおっぱいに吸いついた。

乳首を舌で舐め転がせば、

「あああんっ！　そ、それッ……アアッ……だ、だめっ……」

翼は切実な声を放って、潤んだ目で見あげてくる。

目元が薄紅色に染まった双眸が、ゾクゾクするほど色っぽい。

急激に女らしくなっていく翼を見つめながら根元まで深々と貫くと、翼は強い締めつけで呼応してくる。

「気持ちいい？」

訊いていいのかわからないが、訊きたかった。

翼は涙目でこくこくと頷き、可愛らしい顔をいっそう淫らに歪ませて、ひっきりなしに甘い声をあげ続けている。

た、たまんない。たまんないよ。

純也はひたすら連打を繰り返し、カリ首で肉襞を引っかくように、肉を馴染ませて奥まで突いた。

相当に感じてきたのだろう。

翼の膣が、びくっ、びくっ、と震え、さらに肉棒を締めつけてきた。

発情の匂いとともに、ねちゃ、ねちゃ、という蜜の音もひどくなってきて、翼は次第に何かに取り憑かれたような、うっとりしたような表情を見せてくる。

「あん……だめっ……もっと……もっとシテッ」

ついに翼から抱擁してきて、唇をぶつけてくる。

「うふんっ、ううんっ……」

裸の身体をこすり合わせ、ひたすら口を吸い合って、肉と肉を密着させた。

もう身体も脳みそも、とろけ出しそうだ。

それでも無我夢中でストロークしていくと、やがて翼は、

「だ、だめっ……私っ、私……！」

すがるような目を向けてきた。

「イキそうなのかい？」

揺さぶられながら、翼は不安げに頷いた。

「僕もだ。気持ちいいよ。心配しないで……」

翼がアクメしようとしている。それは純也にさらに力を与えてくれた。

射精をこらえて連続して叩き込めば、

「あ……あっ……イクッ……ああんっ……私、イクッ、イッちゃううう！」

高らかな悲鳴をあげ、翼は涙をためて必死にしがみついてきた。

全身が、びくんっ、びくんっと震えている。本気でイッたのだ。

そんな姿を見せつけられたら、もうだめだった。

「ああ、出るっ……出るよ」

慌てて抜こうとすると翼はさらにギュッと抱擁を強めてきて、切迫した顔を向けて哀願した。

「く、ください……中で、お願い……」

えっ！　さすがに純也はひるんでしまった。

「いや、しかし」

「いいんです。お願い……ッ」

翼の媚びた表情に負けた。いいんだ。大丈夫だ。

さらに奥を穿つと、甘い疼きがせりあがってきて、歓喜が身体を貫いた。

「くううっ……」

肉竿が翼の中で爆発した。

恍惚の中、翼の子宮にドクドクドクッ、と欲望を注ぎ込む。

翼のエクスタシーの余韻は長く、身体がぐったりしてもなお、分身を愛おしそうに食いしめてくる。抱きついてくる力も強かった。背中に爪が食い込むほどだったが、それが経験のなさを物語っていて心地よかった。

ああ、とうとう……翼ちゃんと……最後まで……。

夢見心地で射精を終えて、ゆっくりと翼から屹立を抜いた。

翼の股から白い樹液が垂れているので、ティッシュの箱を渡すと翼は恥ずかしそうに布団を被って、もぞもぞしはじめた。

やがて布団から頭を出した翼が、甘えるように胸に顔をこすりつけてきた。

セックスする前より可愛らしくて、愛おしい。

純也は汗ばんだ顔を向け、彼女の乱れた前髪を直しながら、好きだと伝えた。

すると翼は、にっこりと笑って、チュッと軽く唇を合わせてきた。

「これからもレッスンしてくださいね。ゴルフも、それ以外も」

恥ずかしそうに言う翼の頭を撫でながら、純也は幸せを噛みしめるのだった。

7

「ナイスショット！」

ゴルフ練習場でアイアンの練習をする翼が、見違えるようなスイングでボールをとらえた。

スイートスポットでとらえたのだろう。ボールが真っ直ぐ飛んでいく。

「やった！　純也さん、見ました？　今のショット！」

ボールの行方を目で追っていた翼が振り返る。

何の憂いもない、最高の笑顔だ。

結局、翼は四つ葉ホールディングスの内定を辞退した。

四つ葉よりも規模は小さいが、そこそこ大手の部類に入る商社から後日、補欠の内定連絡がきて、決心がついたらしい。

四つ葉に入社辞退の連絡をした際、人事部の採用担当者に理由を訊かれた翼がゴルフ接待旅行のときの話をやんわり伝えると、その担当者が後日訪ねてきて、詳しく事情を訊かれたようだ。

どうやら、以前から榊原にはセクハラとパワハラの疑惑が社内で噂されており、子会社への出向が決まりそうだという。

これで、無償のゴルフレッスンの話はなくなるだろうな。

榊原との賭けに負けた純也は、ほっと胸を撫でおろす。

「もしかたら私、アイアン得意なのかも」

そう言って翼が素振りを繰り返す。

そのたびにミニスカートの下から白のアンダースコートがチラチラ見えて、純也は翼との最初のレッスンを思い出していた。

そういえば、翼にセクハラレッスンをしたのも、この練習場だったな……。

純也は、あの日のことをいろいろ思い出し、自らのアイアンを硬くしてしまうのだった。

※この作品は双葉文庫のために書き下ろされたもので、完全なフィクションです。

双葉社の官能文庫が音声でも楽しめます。
〔全て聴くには会員登録が必要です。〕

←

双葉文庫

さ-46-11

人妻(ひとづま)アプローチ

2024年6月15日　第1刷発行

【著者】
桜井真琴(さくらいまこと)

【発行者】
箕浦克史

【発行所】
株式会社双葉社
〒162-8540 東京都新宿区東五軒町3番28号
［電話］03-5261-4818(営業部)　03-5261-4868(編集部)
www.futabasha.co.jp(双葉社の書籍・コミックが買えます)

【印刷所】
中央精版印刷株式会社

【製本所】
中央精版印刷株式会社

【フォーマット・デザイン】
日下潤一

ISBN978-4-575-52764-3 C0193
Printed in Japan